Ushio Junior Bunko

ぼくは風船爆弾

高橋光子

潮ジュニア文庫

潮出版社

ぼくは風船爆弾《ふうせんばくだん》 目次《もくじ》

ブックデザイン 金田一亜弥
装画・挿絵 斎藤ゆきえ

第《だい》1章《しょう》　風《ふう》船《せん》爆《ばく》弾《だん》への変《へん》身《しん》

直径《ちょっけい》十メートルの紙《かみ》の気球《ききゅう》

とうとうぼくの出番《でばん》が来《き》てしまいました。

ぼくは、大人《おとな》の背丈《せたけ》ほどもある大《おお》きな木箱《きばこ》に入《い》れられたまま、倉庫《そうこ》から出《だ》されて、にわか作《づく》りのトタン屋根《やね》の準備庫《じゅんびこ》へ運《はこ》ばれました。

でも、悲《かな》しいことに、ぼくはまだ決心《けっしん》がつかなくて、迷《まよ》っているのです。

「潔《いさぎよ》く自分《じぶん》の運命《うんめい》を受《う》け入《い》れ、大空《おおぞら》に飛《と》び立《た》ち、与《あた》えられた任務《にんむ》を果《は》たせばいいじゃないか。元気《げんき》を出《だ》せ」

と思《おも》うのですが、

『風船爆弾《ふうせんばくだん》が戦果《せんか》を上《あ》げても、ちっとも嬉《うれ》しくないのよ。喜《よろこ》ぶ気《き》にはなれないの』

『もうだれの命《いのち》も奪《うば》ってほしくないの』

と、泣《な》いた節《せっ》ちゃんの顔《かお》が浮《う》かび、みんなのように勇《いさ》ましくなれないのです。

ぼくだってあの日《ひ》までは、張《は》りきっていました。

お国《くに》のために、だれよりもはなばなしい働《はたら》きをして、みんなをあっといわせてやろう。

「死傷者五百人《ししょうしゃひゃくにん》」という新聞記事《しんぶんきじ》を見《み》たときは、ぼくは千人以上《せんにんいじょう》やっつけるんだ、と決心《けっしん》したものです。


「え？　殺人鬼《さつじんき》か？」だって？

そんな恐《おそ》ろしそうな顔《かお》をしないでくれよ。

戦争中《せんそうちゅう》は、多《おお》くの人《ひと》を殺《ころ》せば殺《ころ》すほど、ヒーローになれたんだよ。


ここでぼくの素性《すじょう》をあかすと、ぼくは紙《かみ》で作《つく》られた直径《ちょっけい》十メートルの大《おお》きな気球《ききゅう》です。

直径《ちょっけい》十メートルというと、大人《おとな》の背丈《せたけ》の六倍《ばい》ちかくはあるのですから、その大《おお》きさを想《そう》像《ぞう》してみてください。

学校《がっこう》の教室《きょうしつ》でふくらませようとしても、すぐつかえてしまいます。体育館《たいいくかん》や講堂《こうどう》でも、たぶん駄目《だめ》。天井《てんじょう》が低《ひく》くて、劇場《げきじょう》が必要《ひつよう》になります。大《おお》きなホールか、劇場《げきじょう》が必要《ひつよう》になります。

そして紙《かみ》といっても、手《て》すきの和紙《わし》をタテヨコに五枚《まい》、こんにゃく糊《のり》で貼《は》り合《あ》わせた紙《かみ》で作《つく》られていますから、なめした皮《かわ》のように分厚《ぶあつ》くて、丈夫《じょうぶ》です。

こんにゃく糊《のり》というのは、こんにゃくの球根《きゅうこん》を乾燥《かんそう》させて粉《こな》にしたものに、水《みず》を加《くわ》えて作《つく》ります。

この糊《のり》に石灰水《せっかいすい》を加《くわ》え、型枠《かたわく》に入《い》れ、さらに石灰水《せっかいすい》で煮《に》ると、糊《のり》が固《かた》まり、水《みず》に溶《と》けなくなり、みなさんが食《た》べているこんにゃくになります。だから食用《しょくよう》のこんにゃくにする前《まえ》の段階《だんかい》で、まじりけのないこんにゃくということになります。

加《くわ》える水《みず》の量《りょう》によって、薄糊《うすのり》から厚糊《あつのり》までどんな段階《だんかい》の糊《のり》もできますし、粘着力抜群《ねんちゃくりょくばつぐん》。おまけにこんにゃく糊《のり》で作《つく》られた膜《まく》は、気球《ききゅう》に詰《つ》める水素《すいそ》ガスを漏《も》れさせないということでは、ゴム糊《のり》で貼《は》り合《あ》わせた絹布《けんぷ》に比《くら》べて十倍《ばい》というすぐれものです。

ぼくは現代科学《げんだいかがく》の粋《すい》を集《あつ》めた兵器《へいき》というより、その反対《はんたい》の、日本人《にほんじん》のなけなしの知恵《ちえ》をしぼった兵器《へいき》ということができます。

ぼくを作《つく》ってくれた女学生《じょがくせい》たちが、十人横《にんよこ》一列《れつ》に並《なら》んで、大《おお》きな図体《ずうたい》のぼくを、小《ちい》さな紙風船《かみふうせん》を折《お》りたたむのと同《おな》じようにたたんで、木箱《きばこ》に入《い》れて送《おく》り出《だ》してくれたのです。

それが今《いま》、兵隊《へいたい》さんたちの手《て》で取《と》り出《だ》され、準備庫《じゅんびこ》のだだっ広《ぴろ》い床《ゆか》の上《うえ》に広《ひろ》げられました。

広《ひろ》い床《ゆか》の上《うえ》では、ぼくの仲間《なかま》が何人《なんにん》か、いえ、何球《なんきゅう》か広《ひろ》げられて、兵隊《へいたい》さんたちが長《なが》いロープをつけたり、いろいろな装備《そうび》を取《と》りつける作業《さぎょう》をしています。

三月《がつ》の半《なか》ばとはいえ、夜明《よあ》けの空気《くうき》は冷《つめ》たくて、箱《はこ》から取《と》り出《だ》されたぼくは、思《おも》わず身《み》ぶるいをして、体《からだ》を波《なみ》うたせました。

寒《さむ》さのせいだけではなく、これからのぼくの運命《うんめい》や、使命《しめい》を思《おも》っての身《み》ぶるいだったのかもしれません。

ぼくはここでただの気球《ききゅう》から、風船爆弾《ふうせんばくだん》に変身《へんしん》するのです。

秘密《ひみつ》の「ふ」号作戦《ごうさくせん》

風船爆弾《ふうせんばくだん》というのは、第二次世界大戦《だいじせかいたいせん》の末期《まっき》に、旧日本陸軍《きゅうにほんりくぐん》が考《かんが》え出《だ》した新兵器《しんへいき》です。

その頃《ころ》、日本《にほん》はアメリカと戦争《せんそう》をしていました。

日本《にほん》が勝《か》っていたのは、最初《さいしょ》の七カ月《げつ》くらいで、あとは豊富《ほうふ》な資源《しげん》と生産力《せいさんりょく》を誇《ほこ》るアメリカの反撃《はんげき》に押《お》され、しだいに追《お》い詰《つ》められていました。日本《にほん》に勝《か》ち目《め》のないことは、だれの目《め》にも明《あき》らかでした。

この辺《へん》で一発逆転《ぱつぎゃくてん》のホームラン、いや、ホームランが出《で》たとしても、逆転《ぎゃくてん》はおろか、同点《どうてん》にもなれないことはわかっていたのですが、相手《あいて》をビビらせるための、大《だい》ホームランが必要《ひつよう》だったのです。

そうすれば戦争《せんそう》をやめる交渉《こうしょう》をするにしても、無条件降伏《むじょうけんこうふく》ではなく、少《すこ》しは有利《ゆうり》な立場《たちば》で臨《のぞ》めます。

そのために考《かんが》え出《だ》されたのが、気球《ききゅう》に爆弾《ばくだん》や焼夷弾《しょういだん》を吊《つ》るし、空《そら》の高《たか》いところを吹《ふ》いている偏西風《へんせいふう》という西風《にしかぜ》にのせて、アメリカ本土《ほんど》を直接攻撃《ちょくせつこうげき》しようという風船爆弾《ふうせんばくだん》だったのです。

「え？　ほんとにそんなことができるの？」

「アメリカまで気球《ききゅう》を飛《と》ばすなんて、無理《むり》だよ、無理《むり》。いくら丈夫《じょうぶ》な紙《かみ》で作《つく》ってあるとしても、ただの紙《かみ》だろ。そりゃ短《みじか》い距離《きょり》なら飛《と》べるかもしれないけど」

「荒唐無稽《こうとうむけい》な、おとぎ話《ばなし》としてなら、そういうこともありうるかもしれないけどね」

「ぼくは気球《ききゅう》に乗《の》って、アメリカまで飛《と》んでみたいな。本《ほん》で読《よ》んだんだけど、ヨットで初《はじ》めて太平洋《たいへいよう》を横断《おうだん》して、有名《ゆうめい》になった堀江《ほりえ》さんという人《ひと》がいるんだ。気球《ききゅう》で太平洋《たいへいよう》を初横《はつおう》断《だん》なんて、きっとすごいよ。みんな驚《おどろ》くだろうな」

「わたし、お父《とう》さんとオーストラリアへ行《い》ったとき、気球《ききゅう》に乗《の》ったことがあるわ。朝早《あさはや》く気流《きりゅう》の安定《あんてい》しているときに飛《と》ぶから、申《もう》し込《こ》んでおくと、まだ暗《くら》いうちにホテルに車《くるま》が迎《むか》えにきて、一時間《じかん》ほど走《はし》って郊外《こうがい》の畑《はたけ》に行《い》くと、赤《あか》や黄《き》や縞模様《しまもよう》の気球《ききゅう》がいくつも待《ま》っていて、吊《つ》り下《さ》げてあるゴンドラに十四、五人《にん》ずつ乗《の》るの。操縦《そうじゅう》する人《ひと》はゴンドラの真《ま》ん中《なか》で、バーナーで火《ひ》をボウボウ燃《も》やして、気球《ききゅう》の中《なか》の空気《くうき》を温《あたた》めて飛《と》ぶの。高《たか》さの調節《ちょうせつ》は火《ひ》加減《かげん》でしていたみたい。高《たか》く上《あ》がりたいときは火《ひ》の勢《いきお》いを強《つよ》くし、下降《かこう》するときは火《ひ》を弱《よわ》くし、方向《ほうこう》をかえるときはゴンドラを吊《つ》るしてあるひもを引《ひ》っぱっていたわ。畑《はたけ》や背《せ》の低《ひく》い灌木《かんぼく》の林《はやし》の上《うえ》を飛《と》ぶんだけど、下《した》ではカンガルーたちがピョンピョン飛《と》びながら逃《に》げて行《い》くの。とっても楽《たの》しかったわ」

ぼくの話《はなし》を聞《き》いているみなさんの声《こえ》が聞《き》こえるようです。紙《かみ》の気球《ききゅう》をアメリカまで飛《と》ばすなんて信《しん》じられなくて、笑《わら》う人《ひと》も多《おお》いでしょう。でも、好奇心旺盛《こうきしんおうせい》な子《こ》もいて、気球《ききゅう》に興味《きょうみ》を持《も》ち、すばらしい冒険《ぼうけん》や、偉大《いだい》な仕事《しごと》をなしとげるかもしれません。

女《おんな》の子《こ》が話《はな》していたのは熱気球《ねつききゅう》です。観光用《かんこうよう》などには、これが一番《いちばん》よく使《つか》われているようです。

いっておきますが、風船爆弾《ふうせんばくだん》にはだれも乗《の》りません。ぼく一人《ひとり》でアメリカまで飛《と》んで行《い》かなければならないのです。

ぼくが果《は》たしてアメリカまで無事《ぶじ》飛《と》んで行《い》けるかどうか、お友《とも》だちと賭《か》けをするのもおもしろいかもしれませんね。

話《はなし》はちょっと横道《よこみち》にそれましたが、アメリカにひと泡《あわ》ふかせるため、風船爆弾《ふうせんばくだん》は「ふ」号作戦《ごうさくせん》と名《な》づけられて、日本全国《にほんぜんこく》で総力《そうりょく》をあげて製造《せいぞう》が始《はじ》められました。といっても、日本《にほん》がこういう兵器《へいき》を作《つく》っていることをアメリカが知《し》ると、それを防《ふせ》ぐ方法《ほうほう》を研究《けんきゅう》されてしまいます。

だからひみつも秘密《ひみつ》、「極秘《ごくひ》」で、一般《いっぱん》の人《ひと》は、何《なに》も知《し》らされていませんでした。若者《わかもの》たちがみんな軍隊《ぐんたい》に取《と》られ、働《はたら》き手《て》がいなくなり、中学生《ちゅうがくせい》や女学生《じょがくせい》まで動員《どういん》されて、軍需工場《ぐんじゅこうじょう》で働《はたら》いていたのですが、風船爆弾《ふうせんばくだん》を作《つく》っている女学生《じょがくせい》たちも、「誰《だれ》にもしゃべるな。家族《かぞく》にも話《はな》すな」といわれていました。

「もし秘密《ひみつ》を漏《も》らしたら、本人《ほんにん》だけでなく、家族《かぞく》も全員死刑《ぜんいんしけい》だ」などとおどかされていたところさえあるのです。

女学生《じょがくせい》たちは、頭《あたま》にきりりと鉢巻《はちまき》をしめ、胸《むね》には竹製《たけせい》の小《ちい》さな記章《きしょう》を誇《ほこ》らしそうにつけていました。大事《だいじ》な兵器《へいき》の製造《せいぞう》にたずさわっている自覚《じかく》を持《も》たせるためのもので、「ふ」

という文字《もじ》を、赤丸《あかまる》でかこってありました。

女学生《じょがくせい》たちは風船爆弾《ふうせんばくだん》の「ふ」だと思《おも》っていましたし、今《いま》もそう思《おも》っている人《ひと》が多《おお》いのですが、ぼくが聞《き》いた話《はなし》ではちがうのです。

当時《とうじ》、陸軍《りくぐん》では新兵器《しんへいき》の開発《かいはつ》の順番《じゅんばん》ごとに「いろは」の順《じゅん》で、「い」号作戦《ごうさくせん》とか、「ろ」号作戦《ごうさくせん》と名前《なまえ》をつけていました。今《いま》なら何《なに》かの順番《じゅんばん》をしめすのに、「アイウエオ」順《じゅん》か、アルファベットの「ＡＢＣ」を使《つか》いますが、昔《むかし》は「いろは」でした。

「いろはにほへとちりぬるをわかよたれそつねならむうゐのおくやまけふこえてあさきゆめみしゑひもせす」

これは「色《いろ》は匂《にほ》えど散《ち》りぬるを、我《わ》か世誰《よたれ》そ常《つね》ならむ、有為《うゐ》の奥山今日越《おくやまけふこ》えて、浅《あさ》き夢《ゆめ》み《ゑ》し酔ひもせす」という深《ふか》い哲学的《てつがくてき》な意味《いみ》を持《も》った歌《うた》ですが、日本《にほん》のかな文字全部《もじぜんぶ》を使《つか》っていて、同《おな》じ字《じ》が二度使《どつか》われることもありません。

つまり、日本《にほん》のかな文字全部《もじぜんぶ》をうまく並《なら》べかえて、意味《いみ》のとおる歌《うた》を作《つく》ったわけです。なかなか上手《じょうず》に作《つく》られた歌《うた》です。

だから「いろはカルタ」とか、お習字《しゅうじ》の手本《てほん》などによく使《つか》われ、昔《むかし》の人《ひと》はこの「いろは」で文字《もじ》を覚《おぼ》えたものです。
風船爆弾《ふうせんばくだん》は、旧日本陸軍《きゅうにほんりくぐん》が開発《かいはつ》した三十二番目《ばんめ》の新兵器《しんへいき》です。だから「いろは」の三十二番目《ばんめ》の「ふ」の字《じ》が使《つか》われ、偶然《ぐうぜん》の一致《いっち》で「ふ」号作戦《ごうさくせん》ということになったのです。

風船《ふうせん》というと小《ちい》さなものしか想像《そうぞう》できないし、風船爆弾《ふうせんばくだん》は下《した》にいろいろなものを吊《つ》るしていて、ほんとうは気球爆弾《ききゅうばくだん》というほうが正確《せいかく》だと思《おも》うのですが、「ふ」号作戦《ごうさくせん》という名《な》前《まえ》がついたおかげで、みんな風船爆弾《ふうせんばくだん》というようになったのかもしれません。

こういうわけで、ぼくも風船爆弾《ふうせんばくだん》になるために作《つく》られ、準備庫《じゅんびこ》の床《ゆか》の上《うえ》に広《ひろ》げられているのです。

やる気《き》まんまんの仲間《なかま》たち

兵隊《へいたい》さんたちは慣《な》れた手《て》つきで、ぼくの体《からだ》に座帯《ざたい》やロープ、高度保持装置《こうどほじそうち》、爆弾《ばくだん》の自動《じどう》投下装置《とうかそうち》などを取《と》りつけていきます。

それから十五キロ炸裂爆弾《さくれつばくだん》一個《こ》と、五キロ焼夷弾《しょういだん》二個《こ》をロープで吊《つ》るし、さらに高度保《こうどほ》持《じ》のために必要《ひつよう》な砂《すな》をつめた砂袋《すなぶくろ》も、たくさん吊《つ》るしていきます。

お正月《しょうがつ》やお祭《まつ》りのとき、晴《は》れ着《ぎ》を着《き》せてもらう子供《こども》のように、ぼくはただ兵隊《へいたい》さんたちのすることに、身《み》をまかせているよりほかはありません。

「これが爆弾《ばくだん》というものなのか」

「この砂袋《すなぶくろ》は何《なに》に使うの？」

「こんな重《おも》いものを吊《つ》るして、飛《と》んで行《い》けるのかな」

部屋《へや》の中《なか》は風船爆弾《ふうせんばくだん》に変身中《へんしんちゅう》の仲間《なかま》たちの驚《おどろ》きの声《こえ》や、つぶやきで、ワイワイガヤガヤとにぎやかでした。

みんなやる気《き》まんまんで、

「爆弾《ばくだん》をもう一個《こ》増《ふ》やしてよ。せっかくアメリカまで行《い》くんだから、一個《こ》でも多《おお》く落《お》としたいよ」

と、兵隊《へいたい》さんに無理《むり》な注文《ちゅうもん》をしている者《もの》もいます。

ぼくも初《はじ》めて見《み》るものばかりで珍《めずら》しくて、きょろきょろ辺《あた》りを見《み》まわしていました。

そのときふいに、ぼくのすぐそばで大《おお》きい声《こえ》がしました。

「おい、合田上等兵《ごうだじょうとうへい》、そんなところでぼんやりしていないで、早《はや》く作業《さぎょう》を手伝《てつだ》わんか」

驚《おどろ》いてそちらを見《み》ると、小《ちい》さな窓《まど》のところに兵隊《へいたい》さんが一人《ひとり》、こちらに背《せ》を向《む》けて、しょんぼりうなだれて立《た》っています。

みんなが忙《いそが》しく作業《さぎょう》をしているのに、さぼっているのですから、どなられて当然《とうぜん》ですが、どなった人《ひと》の隣《となり》にいた兵隊《へいたい》さんが、あわてて小《ちい》さい声《こえ》でいいました。

「分隊長殿《ぶんたいちょうどの》、今日《きょう》だけはかんべんしてやってください。合田《ごうだ》は一昨日《おととい》の東京《とうきょう》の空襲《くうしゅう》で、家《か》族全員《ぞくぜんいん》を亡《な》くしたんです。おじいさんと両親《りょうしん》、それに女房《にょうぼう》と子供《こども》ふたり」

そこで彼《かれ》はちょっと息《いき》をついで、くわしく説明《せつめい》しました。

「昨夜《さくや》、東京《とうきょう》へ連絡《れんらく》に行《い》くトラックがあって、便乗《びんじょう》させてもらって家族《かぞく》の安否《あんぴ》をたしかめに行《い》ったんですが、防空壕《ぼうくうごう》に直撃弾《ちょくげきだん》があたって全員即死《ぜんいんそくし》。家《いえ》も焼《や》けてしまって、何《なに》も残《のこ》ってなかったそうです。帰《かえ》ってきたときは、もうまるで夢遊病者《むゆうびょうしゃ》のようで、口《くち》もきけなかったんです」

「そうか」

分隊長殿《ぶんたいちょうどの》も痛《いた》ましそうに、合田上等兵《ごうだじょうとうへい》のほうへ目《め》をやり、うなずきました。

「ほんとにひどいよな。まわりに焼夷弾《しょういだん》を落《お》として火災《かさい》を起《お》こし、逃《に》げられないようにしてから、これでもかというように焼夷弾《しょういだん》や、爆弾《ばくだん》を落《お》とすんだから」

ぼくのまわりにいるもう一人《ひとり》の兵隊《へいたい》さんです。

お隣《となり》さんの気球《ききゅう》にもその声《こえ》が聞《き》こえたのか、

「東京《とうきょう》が空襲《くうしゅう》されたって、ほんとうですか」

と、心配《しんぱい》そうに聞《き》いてきました。

「ああ、浅草《あさくさ》、深川《ふかがわ》、本所《ほんじょ》、城東区《じょうとうく》など全滅《ぜんめつ》で、一面《いちめん》の焼《や》け野原《のはら》らしい」

「浅草《あさくさ》の国際劇場《こくさいげきじょう》は？」

東京《とうきょう》でも劇場《げきじょう》とか、国技館《こくぎかん》とか大《おお》きな建物《たてもの》は、すべて風船爆弾《ふうせんばくだん》の気球《ききゅう》を貼《は》る工場《こうじょう》になっていると聞《き》いたことがあります。彼《かれ》はそこの出身《しゅっしん》かもしれません。

「もちろん、あとかたもなく焼《や》けてしまったらしいよ」

「学徒動員《がくとどういん》されて働《はたら》いていた女学生《じょがくせい》たちは？」

「空襲《くうしゅう》は夜《よる》だったから、現場《げんば》にはいなかっただろうが、あの地域《ちいき》から通《かよ》っている生徒《せいと》なら、みんな空襲《くうしゅう》にあっているはずだ。亡《な》くなった女学生《じょがくせい》も大勢《おおぜい》いるだろう。くわしい被害状況《ひがいじょうきょう》はわからないが、死傷者《ししょうしゃ》十万人以上《まんにんいじょう》、焼《や》け出《だ》された人《ひと》は百万人以上《ひゃくまんにんいじょう》といううわさもあるからな」

「ああ！」

隣《となり》の風船爆弾君《ふうせんばくだんくん》は悲鳴《ひめい》に近《ちか》い声《こえ》を上《あ》げ、風《かぜ》もないのに、風《かぜ》にあおられたようにバタバタと体《からだ》を波打《なみう》たせて身《み》もだえしました。

「おい、動《うご》かないでくれよ。今《いま》、大事《だいじ》な配線《はいせん》をしているんだからな。まちがってスイッチが入《はい》って、ドカーンとなったら、大変《たいへん》だ」

隣《となり》の班《はん》の兵隊《へいたい》さんたちは、彼《かれ》を動《うご》かないように押《お》さえつけるのに、必死《ひっし》になっていました。

戦争《せんそう》を知《し》らない子供《こども》たちに

「え？　東京《とうきょう》が焼《や》け野原《のはら》になったって、いつのこと？」

また君《きみ》たちの声《こえ》が、聞《き》こえるような気《き》がします。今《いま》では東京大空襲《とうきょうだいくうしゅう》のことを知《し》らない人《ひと》が多《おお》いのですから無理《むり》もないことです。

今《いま》、説明《せつめい》します。

話《はなし》には「いつ」「どこで」「だれが」「何《なに》をしたか」が、必要《ひつよう》だったんですよね。

「いつ」というのは正確《せいかく》にいうと、物語《ものがたり》の中《なか》の今日《きょう》は、昭和《しょうわ》二十年《ねん》、西暦《せいれき》でいえば一九四五年《ねん》、三月《がつ》十二日《にち》です。

東京大空襲《とうきょうだいくうしゅう》は、三月九日《がつここのか》の夜《よる》から十日《とうか》にかけてのことでした。その頃《ころ》、日本《にほん》はアメリカと戦争《せんそう》をしていたことは前《まえ》にもいったよね。

「昔《むかし》の戦争《せんそう》のことなんて、ぼくたちには関係《かんけい》ないよ」

「そうだよ。今《いま》はどこの国《くに》とも戦争《せんそう》してないもん」

「ほんとうにそう思《おも》うかい？」

ぼくは、「戦争《せんそう》など、ぼくたちには関係《かんけい》ない」という子供《こども》たちに、黙《だま》っていることができなくなりました。

「今《いま》この瞬間《しゅんかん》にも、どこかで戦争《せんそう》が始《はじ》まるかもしれない。戦争《せんそう》でなくても内乱《ないらん》やテロで、

お互《たが》いに殺《ころ》し合《あ》っている人《ひと》たちが大勢《おおぜい》いるんだよ」

ぼくは戦争《せんそう》の話《はなし》になると、熱《ねつ》がこもるのです。

「日本《にほん》はさいわい、この何《なん》十年間《ねんかん》平和《へいわ》な国《くに》で、若者《わかもの》たちが軍隊《ぐんたい》に取《と》られることも、戦場《せんじょう》へ送《おく》り出《だ》されることもなかった。息子《むすこ》の戦死《せんし》を嘆《なげ》き悲《かな》しむ母親《ははおや》も一人《ひとり》もいなかった。空襲《くうしゅう》で家《いえ》を焼《や》かれ、逃《に》げまどい、命《いのち》を落《お》とす人《ひと》もいなかった。食《た》べ物《もの》がなくて、ひもじい思《おも》いをする人《ひと》もいなかった」

ぼくの話《はなし》はいつの間《ま》にか、演説口調《えんぜつくちょう》になっていました。

一人《ひとり》でも多《おお》くの人《ひと》に聞《き》いてもらいたいからです。

「しかしそれは、この前《まえ》の戦争《せんそう》で、戦争《せんそう》の愚《おろ》かさや、悲惨《ひさん》さを骨身《ほねみ》にしみて感《かん》じた人《ひと》たちが、『戦争《せんそう》はいやだ。平和《へいわ》を守《まも》っていこう』とかたく心《こころ》に誓《ちか》っていたからなんだよ。そういう人《ひと》がいなくなって、戦争《せんそう》を知《し》らない人《ひと》ばかりになると、テレビや映画《えいが》で見《み》る戦争《せんそう》が、ついカッコよく見《み》えたりする。そうでなくても戦争《せんそう》など自分《じぶん》に関係《かんけい》ないと、世《よ》の中《なか》の動《うご》きに無関心《むかんしん》でいると、いつの間《ま》にか戦争《せんそう》に巻《ま》き込《こ》まれてしまうことになるかもしれないんだ」

ぼくはふだんは口下手《くちべた》で、おとなしいほうですが、思《おも》わず熱弁《ねつべん》をふるってしまいました。

子供《こども》たちもぼくの熱意《ねつい》に気《け》おされたのか、真剣《しんけん》な顔《かお》で聞《き》いてくれました。

「風船爆弾《ふうせんばくだん》さんのいうこともわかるけど、わたしたち、戦争《せんそう》を知《し》らないのよ。遠《とお》い昔《むかし》のことだもの。どうやって戦争《せんそう》のことを知《し》ればいいの？」

難問《なんもん》を突《つ》きつけられて、ぼくはちょっととまどいましたが、その答《こた》えならあります。

ぼくの本《ほん》の宣伝《せんでん》みたいになりますが、

「それはね、本《ほん》を読《よ》むことだよ」

と話《はな》し始《はじ》めました。

「君《きみ》たちの中《なか》にも、ヨットで太平洋《たいへいよう》を横断《おうだん》した堀江君《ほりえくん》のことを、本《ほん》で読《よ》んだといっていた子《こ》がいたね。本《ほん》を読《よ》めば、自分《じぶん》が生《う》まれる前《まえ》の出来《でき》ごともわかる。遠《とお》い昔《むかし》に亡《な》くなった人《ひと》とも話《はな》せるし、友《とも》だちになれるんだ。ナポレオンだって、エジソンだって、ゴッホだって、とっくの昔《むかし》に亡《な》くなっているけど、本《ほん》を読《よ》めば、彼《かれ》らがどんな時代《じだい》に生《い》き、どんなことをしたか、どんなことを考《かんが》えていたか、全部《ぜんぶ》わかるだろう」

みんな黙《だま》ってぼくの話《はなし》を聞《き》いてくれるので、ぼくは調子《ちょうし》に乗《の》り、つい、ぼくの秘密《ひみつ》までばらしてしまいました。

「ぼくだって、今《いま》はこの世《よ》にはいない存在《そんざい》なんだよ。ぼくの仲間《なかま》の中《なか》には、アメリカの博物館《はくぶつかん》に展示《てんじ》されて、風船爆弾《ふうせんばくだん》のことを後世《こうせい》に伝《つた》える役目《やくめ》をしている者《もの》もいるが、残念《ざんねん》ながら、ぼくはそうではない。ぼくの体《からだ》は一九四五年《ねん》の五月五日《がついつか》に、木端微塵《こっぱみじん》に吹《ふ》っ飛《と》んでしまったんだ。だけど、ぼくのことを本《ほん》に書《か》いてくれた作者《さくしゃ》のおかげで、本《ほん》の中《なか》では、こうして君《きみ》たちとも、話《はな》すことができる。だれも知《し》らないぼくの冒険《ぼうけん》の数々《かずかず》や、ぼくがどんな体験《たいけん》をし、どんな思《おも》いをしたか話《はな》すことができるんだ。いや、どうしても話《はな》しておきたいんだよ」

「そうか、本《ほん》の中《なか》の主人公《しゅじんこう》か。本《ほん》の中《なか》の主人公《しゅじんこう》なら、死《し》んでいる人《ひと》でもなれるし、いつまでも死《し》なないから、後世《こうせい》の人《ひと》とも話《はな》すことができるよね」

「わたしたちよりあとの時代《じだい》の子供《こども》たちにも話《はな》せるし、もしだれか外国語《がいこくご》に翻訳《ほんやく》してくれる人《ひと》がいたら、遠《とお》く離《はな》れた世界中《せかいじゅう》の子供《こども》たちにだって、話《はな》せるわね」

子供《こども》たちの理解力《りかいりょく》は、大人《おとな》たちが考《かんが》えている以上《いじょう》にすばらしいのです。

ぼくの話《はなし》を理解《りかい》して、そういってくれる子供《こども》たちの目《め》が、キラキラ輝《かがや》いているように見《み》えたのは、そうあってほしいと思《おも》っているぼくの気持《きも》ちのせいだけではないでしょう。読者《どくしゃ》の子供《こども》たちにわかってもらえたところで、話《はなし》の続《つづ》きにもどります。

兵隊《へいたい》さんたちのいらだちと疑問《ぎもん》

準備庫《じゅんびこ》のぼくのまわりでは、兵隊《へいたい》さんたちが手《て》を休《やす》めないで作業《さぎょう》をしながら、まだ東京《とうきょう》大空襲《だいくうしゅう》の話《はなし》をしていました。

兵隊《へいたい》さんたちにとっても大変《たいへん》なショックだったのです。夜空《よぞら》をこがして高《たか》く燃《も》え上《あ》がる火《ひ》が、ここからも見《み》えたというのですから。

「豪勢《ごうせい》に燃《も》えていたよ。きれいはきれいだったが、あの火《ひ》の下《した》で、逃《に》げまどっている人《ひと》たちのことを思《おも》うと、やり切《き》れなくて……」

これまでもアメリカの爆撃機《ばくげきき》B29による空襲《くうしゅう》はありましたが、それはおもに軍需工場《ぐんじゅこうじょう》をねらったものでした。

子供《こども》や老人《ろうじん》たちまで巻《ま》きこんで、一般《いっぱん》の人《ひと》をねらったのは、今回《こんかい》が初《はじ》めてです。

「日本《にほん》の家《いえ》は木《き》と紙《かみ》でできているから、焼夷弾《しょういだん》を落《お》とせば簡単《かんたん》に燃《も》え上《あ》がる。それがわかったから、やつらはこれから、次々《つぎつぎ》に日本《にほん》の都市《とし》をねらってくるんじゃないのか」

「いったい、どうなっているんだ」

分隊長《ぶんたいちょう》の横《よこ》にいた兵隊《へいたい》さんが、くやしそうに声《こえ》を上《あ》げました。

「自分《じぶん》たちは去年《きょねん》の十一月《がつ》から、毎日《まいにち》こうやって風船爆弾《ふうせんばくだん》を飛《と》ばしているんだぜ。もう八千個《せんこ》くらいは飛《と》ばしたはずだ。風船爆弾《ふうせんばくだん》でアメリカ本土《ほんど》を直接攻撃《ちょくせつこうげき》したら、アメリカ人《じん》たちは、どこからともなく飛《と》んでくる爆弾《ばくだん》におびえ、戦争《せんそう》はいやだといい出《だ》すんじゃなかったのか」


ここでちょっと説明《せつめい》しておきますが、兵隊《へいたい》さんが「アメリカ本土《ほんど》」といって「本土《ほんど》」にこだわる理由《りゆう》です。

アメリカでも太平洋《たいへいよう》の真《ま》ん中《なか》にあるハワイは、「真珠湾攻撃《しんじゅわんこうげき》」といって、最初《さいしょ》に日本海軍《にほんかいぐん》の特殊潜航艇《とくしゅせんこうてい》や、飛行機《ひこうき》の攻撃《こうげき》を受《う》けています。

が、アメリカ本土《ほんど》は、どこからも攻撃《こうげき》されたことはないのです。

ヨーロッパでもアジアでも、戦争《せんそう》をしている国《くに》はどこも、他国《たこく》の軍隊《ぐんたい》の侵入《しんにゅう》を受《う》けたり、空襲《くうしゅう》を受《う》けたりしています。

海《うみ》をへだてているイギリスでさえ、ドイツからいつ飛《と》んでくるかわからないロケット弾《だん》の攻撃《こうげき》を受《う》け、ロンドン市民《しみん》は、夜《よる》もおちおち眠《ねむ》れないほどおびえて暮《く》らしています。

が、アメリカ本土《ほんど》だけは遠《とお》く離《はな》れているせいもあって、どこからも攻撃《こうげき》を受《う》けたことはありません。安全《あんぜん》で、みんな安心《あんしん》して暮《く》らしているのです。

これからも安全《あんぜん》な生活《せいかつ》が続《つづ》くものと、安心《あんしん》しきっているのです。そういう人々《ひとびと》の頭上《ずじょう》に爆弾《ばくだん》が降《ふ》ってきたら、どんなに驚《おどろ》くことか。

風船爆弾《ふうせんばくだん》のねらいはそこにあったのです。

兵隊《へいたい》さんの話《はなし》はまだ続《つづ》いていました。

「それなのにアメリカは驚《おどろ》くどころか、風船爆弾《ふうせんばくだん》なんてどこ吹《ふ》く風《かぜ》とばかり、ますます攻《こう》撃《げき》を強《つよ》めてくるんだ。自分《じぶん》たちが飛《と》ばした風船爆弾《ふうせんばくだん》は、いったいどうなったんだ」

「風船爆弾《ふうせんばくだん》が成果《せいか》を上《あ》げたことが、一度《ど》新聞《しんぶん》にのったじゃないか」

そばにいた兵隊《へいたい》さんが、なだめるようにいいました。

そうです。

そのことはぼくも知《し》っています。ついひと月近《つきちか》く前《まえ》の二月《がつ》の十八日《にち》のことです。

ぼくがこんな状態《じょうたい》におちいったのも、そのことが関係《かんけい》しているのですから、忘《わす》れられるはずはありません。

第《だい》2章《しょう》　気《き》球《きゅう》を貼《は》る少《しょう》女《じょ》たち

学校《がっこう》が兵器《へいき》を作《つく》る工場《こうじょう》に

どうしてぼくがそんなことを知《し》っているのか、だって？

その日《ひ》ちょうどぼくは、地方《ちほう》の小《ち》さな町《まち》の女学校《じょがっこう》の講堂《こうどう》で、女学生《じょがくせい》たちの手《て》で、気球《ききゅう》に貼《は》り合《あ》わされているところだったのです。

十人《にん》一組《くみ》になって四つのグループが、それぞれ向《む》かいあって座《すわ》って、ぼくの上半球《じょうはんきゅう》の半《はん》分《ぶん》ずつと、下半球《かはんきゅう》の半分《はんぶん》ずつを、こんにゃく糊《のり》で貼《は》り合《あ》わせていくのです。

これがなかなかむずかしいのです。

小《ちい》さな紙風船《かみふうせん》でもいいから、手《て》にとって眺《なが》めるか、頭《あたま》の中《なか》で思《おも》い描《えが》いてください。

風船《ふうせん》は天頂《てんちょう》や底《そこ》の部分《ぶぶん》にあたる端《はし》っこが狭《せま》く、真《ま》ん中《なか》にいくにつれ曲線《きょくせん》を描《えが》いて幅《はば》が広《ひろ》くなり、そしてまた端《はし》にいくにつれて狭《せま》くなる紡錘形《ぼうすいけい》の紙《かみ》を、何枚《なんまい》か貼《は》り合《あ》わされて作《つく》られています。

直径《ちょっけい》十メートルのぼくの場合《ばあい》は、その一枚《まい》の紡錘形《ぼうすいけい》の紙《かみ》の長《なが》さが、十メートル×円周率《えんしゅうりつ》の二分《ぶん》の一ですから、十五メートル七十センチの長《なが》さになります。

そんな長《なが》い紙《かみ》はありませんし、貼《は》り合《あ》わせるのも大変《たいへん》ですから、紡錘形《ぼうすいけい》の紙《かみ》を半分《はんぶん》にし、上半球《じょうはんきゅう》と下半球《かはんきゅう》とに分《わ》け、さらにその半分《はんぶん》ずつを貼《は》っていき、最後《さいご》に全体《ぜんたい》を貼《は》り合《あ》わせて球《きゅう》にするのです。

紡錘形《ぼうすいけい》の半分《はんぶん》の長《なが》さというと、約《やく》八メートルというところですが、和紙《わし》はすべて手作業《てさぎょう》で作《つく》りますから、一枚《まい》の紙《かみ》の大《おお》きさは、せいぜいタテ六十一センチ、ヨコ九十七センチから百《ひゃく》七十センチくらいなものです。

その和紙《わし》を五枚《まい》、こんにゃく糊《のり》で貼《は》り合《あ》わせて、気球紙《ききゅうし》を作《つく》るのですが、五枚貼《まいは》り合《あ》わせると、バリバリした硬《かた》い紙《かみ》ができます。

それをグリセリン液《えき》につけて軟化《なんか》すると、なめした皮《かわ》のようなやわらかくて丈夫《じょうぶ》な紙《かみ》になるのです。

風船爆弾《ふうせんばくだん》の気球作《ききゅうづく》りの仕事《しごと》は、和紙《わし》を加工《かこう》して気球紙《ききゅうし》を作《つく》る仕事《しごと》と、気球貼《ききゅうは》りの仕事《しごと》に分《わ》かれています。

ぼくが作《つく》られた女学校《じょがっこう》では、四年生百五十人中《ねんせいひゃくにんちゅう》、百人《ひゃくにん》は学校《がっこう》の近《ちか》くの小《ちい》さな製紙工場《せいしこうじょう》へ分散《ぶんさん》して動員《どういん》され、気球紙作《ききゅうしづく》りの仕事《しごと》をしていました。

昔《むかし》からの和紙《わし》の生産地《せいさんち》で、家内工業的《かないこうぎょうてき》な工場《こうじょう》が多《おお》くあったのです。

残《のこ》りの五十人《にん》は学校《がっこう》へ残《のこ》って、気球貼《ききゅうは》りの仕事《しごと》です。

気球貼《ききゅうは》りの仕事《しごと》の場合《ばあい》は、紡錘形《ぼうすいけい》の半分《はんぶん》の約《やく》八メートルの長《なが》さにしても、一枚《まい》の気球紙《ききゅうし》では作《つく》れません。球《きゅう》になるように計算《けいさん》して裁断《さいだん》した、ちがった大《おお》きさや形《かたち》の五枚《まい》の紙《かみ》を貼《は》り合《あわ》せて、紡錘形《ぼうすいけい》の半分《はんぶん》の形《かたち》を作《つく》るのです。

最初《さいしょ》にそういうものを、たくさん作《つく》っておき、それからそれを貼《は》り合《あ》わせていくのです。

「糊《のり》しろ」といって貼《は》り合《あ》わせ部分《ぶぶん》の幅《はば》は一・五センチですが、紡錘形《ぼうすいけい》のカーブはお互《たが》いに逆方向《ぎゃくほうこう》になっています。

それを平《たい》らな台《だい》の上《うえ》で、貼《は》り合《あ》わせるのですから大変《たいへん》です。八メートルあまりの長《なが》さの紙《かみ》を、十人《にん》で貼《は》っていくので、一人《ひとり》の持《も》ち分《ぶん》が八十センチくらいということになります。

が、逆《ぎゃく》カーブになった二枚《まい》の紙《かみ》の、糊《のり》しろを重《かさ》ね合《あ》わせるだけでも苦労《くろう》します。ひとところを押《お》さえて合《あ》わせると、その左右《さゆう》が丸《まる》く持《も》ち上《あ》がります。丸《まる》い球《きゅう》になるように寸法《すんぽう》を計算《けいさん》して裁断《さいだん》してあるのですから、持《も》ち上《あ》がるのはとうぜんですが、そのままでは貼《は》れませんし、貼《は》ってもしわになります。

二枚《まい》の分厚《ぶあつ》くて丈夫《じょうぶ》な気球紙《ききゅうし》を、同《おな》じように引《ひ》きのばしながら、素早《すばや》く貼《は》り合《あ》わせていくのです。

そして膝《ひざ》をついて中腰《ちゅうごし》になり、親指《おやゆび》を組《く》み合《あ》わせ、残《のこ》りの八本《ぽん》の指先《ゆびさき》に全身《ぜんしん》の重《おも》みをかけて、貼《は》り合《あ》わせた部分《ぶぶん》を指先《ゆびさき》でこすり、余分《よぶん》のこんにゃく糊《のり》や空気《くうき》を押《お》し出《だ》し、しっかりと貼《は》り合《あ》わせます。

さらにその上《うえ》に三センチ幅《はば》のテープ状《じょう》の気球紙《ききゅうし》を、裏側《うらがわ》と表側《おもてがわ》から貼《は》りつけて補強《ほきょう》します。

もし貼《は》り合《あ》わせ目《め》にこんにゃく糊《のり》のかたまりや、空気《くうき》の泡《あわ》が残《のこ》っていたら、圧力《あつりょく》テストのとき、そこから破裂《はれつ》して、それまでの努力《どりょく》が台無《だいな》しになってしまいます。

だから小《ちい》さなミスも許《ゆる》されません。

女学生《じょがくせい》たちは毎日毎日《まいにちまいにち》、指先《ゆびさき》に力《ちから》を込《こ》めて分厚《ぶあつ》い紙《かみ》をこすり、指紋《しもん》が消《き》えてしまったと嘆《なげ》いていました。

そのうえ共同作業《きょうどうさぎょう》ですから、少《すこ》しもたもたしていると、「早《はや》く！　早《はや》く！」とみんなにせかされます。

トイレに行《い》きたくても、自分一人《じぶんひとり》抜《ぬ》けるわけにはいかなくて、行《い》けないのです。

一枚貼《まいは》り終《お》えると、みんなで声《こえ》をそろえ「そーれー」というかけ声《ごえ》とともに、貼《は》った分《ぶん》を前《まえ》に投《な》げ出《だ》すように、送《おく》り出《だ》します。

すると、天頂《てんちょう》を貼《は》っているリーダーから、すぐ次《つぎ》の一枚《まい》が送《おく》られてきて、同《おな》じような作《さ》業《ぎょう》が始《はじ》まるのです。

それを三十回《かい》くりかえして、やっと球《きゅう》の四分《ぶん》の一ができあがります。

それにこんにゃく糊《のり》の冷《つめ》たさといったら！

各自《かくじ》、竹《たけ》の筒《つつ》にこんにゃく糊《のり》を入《い》れて使《つか》っていましたが、寒《さむ》い日《ひ》はこんにゃく糊《のり》が凍《こお》っていることもあります。

それを指《ゆび》ですくい取《と》って使《つか》っているのですから、すぐ指《ゆび》がこごえ、息《いき》を吹《ふ》きかけたり、近《ちか》くのバケツのお湯《ゆ》で温《あたた》めていました。

それでもお国《くに》のためと、女学生《じょがくせい》たちは不平《ふへい》もいわず働《はたら》いていました。

でも、本心《ほんしん》はどうなのかわかりません。

ぼくはたまたま、彼女《かのじょ》たちの本心《ほんしん》らしきものを聞《き》いたことがあるのです。

親友《しんゆう》の節《せつ》ちゃんとチャコちゃん

お昼休《ひるやす》みになると、女学生《じょがくせい》たちはお弁当《べんとう》を食《た》べるやいなや、運動場《うんどうじょう》に飛《と》び出《だ》して行《い》きます。そのお弁当《べんとう》もサツマイモだけの人《ひと》が多《おお》かったのですが。

前《まえ》かがみの姿勢《しせい》で作業《さぎょう》をしていますから、せめて休《やす》みの時間《じかん》だけでも、思《おも》いきり体《からだ》を動《うご》かしたいのでしょう。

円陣《えんじん》を組《く》んで、バレーボールのトスなどの練習《れんしゅう》をしているようでした。

しかし運動《うんどう》があまり得意《とくい》ではなく、本《ほん》を読《よ》むのが好《す》きな少女《しょうじょ》もいます。

根岸節子《ねぎしせつこ》さんとその親友《しんゆう》の白石久子《しらいしひさこ》さんも、いつも作業場《さぎょうじょう》の講堂《こうどう》に残《のこ》って、わずかなひまも惜《お》しむように本《ほん》を読《よ》んでいました。

根岸《ねぎし》さんのほうはみんなから「節《せつ》ちゃん」と呼《よ》ばれていました。白石《しらいし》さんは「チャコちゃん」です。

二人《ふたり》の読《よ》んでいる本《ほん》は正反対《せいはんたい》のもので、チャコちゃんは『源氏物語《げんじものがたり》』に熱《ねつ》をあげていました。

千年近《せんねんちか》く前《まえ》の平安時代《へいあんじだい》の、紫式部《むらさきしきぶ》という女流作家《じょりゅうさっか》が書《か》いた恋愛小説《れんあいしょうせつ》だそうです。

節《せつ》ちゃんのほうは、学徒兵《がくとへい》として出陣《しゅつじん》して戦死《せんし》したお兄《にい》さんの影響《えいきょう》で、科学者《かがくしゃ》の伝記《でんき》や、宇宙《うちゅう》にはブラックホールがあるというような難《むずか》しい本《ほん》です。

たまにチャコちゃんと『源氏物語《げんじものがたり》』の話《はなし》をしていると思《おも》ったら、「平安時代《へいあんじだい》に日本《にほん》ではもう、真《ま》っ白《しろ》い紙《かみ》ができていた。紫式部《むらさきしきぶ》や清少納言《せいしょうなごん》（『枕草子《まくらのそうし》』という本《ほん》を書《か》いた人《ひと》だそうです）が物語《ものがたり》や随筆《ずいひつ》が書《か》けたのも、パトロンにあたる権力者《けんりょくしゃ》や、皇后《こうごう》が高価《こうか》な紙《かみ》を惜《お》しげもなく買《か》い与《あた》えたからだという紙《かみ》の話《はなし》でした。

そして今《いま》はざら紙《がみ》のノートさえ、売《う》っているところはないと嘆《なげ》いていました。

節《せっ》ちゃんのお兄《にい》さんは子供《こども》の頃《ころ》は、理科系《りかけい》の本《ほん》ばかり読《よ》んでいたのですが、大学《だいがく》は哲学《てつがく》科《か》に進《すす》んだので、学徒兵《がくとへい》として勉強《べんきょう》なかばで戦場《せんじょう》にかり出《だ》され、ニューギニアで戦死《せんし》したのです。

当時《とうじ》は理科系《りかけい》の学生《がくせい》以外《いがい》は、大学生《だいがくせい》も、高等専門学校《こうとうせんもんがっこう》の学生《がくせい》も、みんな軍隊《ぐんたい》にとられ、戦死《せんし》した人《ひと》も多《おお》かったのです。

その戦死《せんし》したお兄《にい》さんの蔵書《ぞうしょ》の中《なか》に、気球《ききゅう》や飛行機《ひこうき》の歴史《れきし》を書《か》いた本《ほん》があって、それを読《よ》んでぼくやチャコちゃんに、話《はな》してくれたこともあります。

ぼくと彼女《かのじょ》たちのつきあいは、長《なが》いものではなく、せいぜい二週間《しゅうかん》くらいなものです。彼女《かのじょ》たちの同級生《どうきゅうせい》の手《て》で、気球紙《ききゅうし》として作《つく》られ、工場《こうじょう》から送《おく》り出《だ》され、作業場《さぎょうじょう》になっている講堂《こうどう》の片隅《かたすみ》に、積《つ》みあげられてからのつきあいです。

暖房《だんぼう》もない部屋《へや》ですから、紙《かみ》のそばのほうが何《なん》となく暖《あたた》かい気《き》がすると、積《つ》み上《あ》げてある気球紙《ききゅうし》に背中《せなか》をもたせて、本《ほん》を読《よ》んだりおしゃべりをしていたのです。

ぼくは彼女《かのじょ》たちの話《はなし》が聞《き》けるので、お昼休《ひるやす》みや、休憩《きゅうけい》の時間《じかん》が楽《たの》しみでした。

そのうち休憩時間《きゅうけいじかん》だけでなく、いつの間《ま》にかぼくは彼女《かのじょ》たち、おもに節《せつ》ちゃんですが、彼女《かのじょ》のことがいつも気《き》になるようになっていました。


一週間《しゅうかん》もすると、裁断《さいだん》の職人《しょくにん》さんのするどい刃物《はもの》の先《さき》で、ぼくは型紙《かたがみ》に合《あ》わせて、形《かたち》や大《おお》きさのちがう細長《ほそなが》い紙《かみ》に裁断《さいだん》されました。二、三日《にち》して、その形《かたち》のちがう五枚《まい》を貼《は》りあわせて、紡錘形《ぼうすいけい》の半分《はんぶん》の形《かたち》になりました。

そしていよいよ気球本体《ききゅうほんたい》の貼《は》り合《あ》わせになりました。ぼくは節《せつ》ちゃんの手《て》が直接《ちょくせつ》ぼくに触《ふ》れてくれるので、嬉《うれ》しくてたまりません。

作業中《さぎょうちゅう》も気《き》がついてみると、節《せつ》ちゃんの姿《すがた》ばかり追《お》っているのです。

彼女《かのじょ》がかじかんだ手《て》に、息《いき》を吹《ふ》きかけて温《あたた》めているのをみると、

「おい、だれか早《はや》く彼女《かのじょ》のところへ、温《あたた》かいお湯《ゆ》の入《はい》ったバケツを持《も》って行《い》ってやれよ」

と、いいたくなります。

自分《じぶん》で持《も》って行《い》きたいのは山々《やまやま》ですが、気球《ききゅう》に貼《は》られている身《み》ですから、そんなことはできません。

とにかく彼女《かのじょ》が沈《しず》んだ顔《かお》をしていると、ぼくの気持《きも》ちも沈《しず》み、彼女《かのじょ》が友《とも》だちと楽《たの》しそうに話《はな》していると、ぼくも楽《たの》しくなるのです。

こういうのを、チャコちゃんがあこがれている恋愛《れんあい》とか、恋《こい》とかいうのでしょうか。

ぼくは困《こま》った状態《じょうたい》におちいっていましたが、おかげで充実《じゅうじつ》した、楽《たの》しい毎日《まいにち》でした。


休憩時間《きゅうけいじかん》に講堂《こうどう》に残《のこ》っているのは、節《せっ》ちゃんとチャコちゃんの二人《ふたり》だけとは限《かぎ》りません。ほかにも本《ほん》を読《よ》んだり、編物《あみもの》をしたり、手紙《てがみ》を書《か》いたり、作業《さぎょう》に疲《つか》れてもう動《うご》くのもいやというように休《やす》んでいる人《ひと》もいました。

が、そのときは珍《めずら》しく、二人《ふたり》だけだったのです。

チャコちゃんは本《ほん》を読《よ》むのをやめて、節《せっ》ちゃんに話《はな》しかけました。

「こんなこと大《おお》きな声《こえ》ではいえないけど、私《わたし》たち損《そん》な時代《じだい》に生《う》まれたと思《おも》わない？　物心《ものごころ》ついたときから戦争《せんそう》、戦争《せんそう》で、がまんすることだけ教《おし》えられ、少女《しょうじょ》らしい夢《ゆめ》も持《も》てず、二

度《ど》と来《こ》ない若《わか》い日《ひ》をむざむざと過《す》ごすなんて」

そうです。こんなことを大《おお》きな声《こえ》でいったら、大変《たいへん》です。

『欲《ほ》しがりません勝《か》つまでは』とか『贅沢《ぜいたく》は敵《てき》だ』などという標語《ひょうご》で、国民《こくみん》をがまんさせている政府《せいふ》や、軍部《ぐんぶ》に反抗《はんこう》することになるのですから。

みんながみんなお国《くに》のために、喜《よろこ》んで苛酷《かこく》な労働《ろうどう》に耐《た》え、『欲《ほ》しがりません勝《か》つまでは』と、喜《よろこ》んでがまんしているのではなかったのです。

ぼくは「ほんとうに彼女《かのじょ》たちは、こんな時代《じだい》に生《う》まれて大変《たいへん》だな」と同情《どうじょう》しながら聞《き》いていましたが、節《せつ》ちゃんがどう答《こた》えるか心配《しんぱい》でした。

節《せっ》ちゃんは大好《だいす》きだったお兄《にい》さんを、戦争《せんそう》で亡《な》くしているのです。

「損《そん》な時代《じだい》」なんて、そんな生《なま》やさしい、簡単《かんたん》な言葉《ことば》で片《かた》づけられる問題《もんだい》ではありません。

もしお兄《にい》さんのことを思《おも》い出《だ》して、彼女《かのじょ》が泣《な》き出《だ》したら、どうしよう。

今《いま》の時代《じだい》をうらむようなことをいわれても、なぐさめようがなくて困《こま》ります。

ぼくはそう思《おも》っていたのですが、彼女《かのじょ》は、

「そうね。あなたがもし平安時代《へいあんじだい》に生《う》まれていたら、才女《さいじょ》の一人《ひとり》になっていたでしょうね」

と、あっさり答《こた》えました。

少《すこ》し焦点《しょうてん》をずらせた答《こた》えですが、相手《あいて》の話《はなし》に乗《の》って行《い》かないことで、そういうことを軽々《かるがる》しく口《くち》にしないように、それとなくチャコちゃんに示《しめ》したのかもしれません。

そういう思慮分別《しりょふんべつ》のあるところが、ぼくの好《す》きなところでもあるのです。

「死傷者《ししょうしゃ》五百人《ひゃくにん》」の記事《きじ》に喜《よろこ》ぶ少女《しょうじょ》たち

その翌日《よくじつ》、みんながそれぞれの持《も》ち場《ば》について、昨日《きのう》の続《つづ》きの作業《さぎょう》を始《はじ》めようとしたとき、先生《せんせい》が入《はい》ってきました。

「みんな、いいニュースだぞ。風船爆弾《ふうせんばくだん》が大戦果《だいせんか》を上《あ》げたぞ」

先生《せんせい》は手《て》にしていた新聞《しんぶん》を、みんなに見《み》えるようにかざしました。

「うわ！」

女学生《じょがくせい》たちは喜《よろこ》びの声《こえ》をあげて立《た》ち上《あ》がって、先生《せんせい》のまわりに集《あつ》まり、新聞《しんぶん》を奪《うば》い合《あ》うようにして、一人《ひとり》が大声《おおごえ》を上《あ》げて読《よ》みました。

「米本土《べいほんど》、猛攻《もうこう》。大気球《だいききゅう》、各地《かくち》に炸裂《さくれつ》」

「死傷者《ししょうしゃ》五百人《ひゃくにん》よ」

「万歳《ばんざい》」と叫《さけ》ぶ人《ひと》、「よかった、よかった」と抱《だ》きあって喜《よろこ》ぶ人《ひと》。

そんなときにも、ぼくの視線《しせん》は、節《せつ》ちゃんをとらえていましたが、彼女《かのじょ》もチャコちゃんと手《て》を取《と》り合《あ》って、喜《よろこ》んでいました。

ぼくはそのとき決心《けっしん》したのです。

「彼女《かのじょ》が喜《よろこ》んでくれるのなら、ぼくはもっとはなばなしい戦果《せんか》をあげてみせるぞ」と。

作業場《さぎょうじょう》になっている講堂《こうどう》は、しばらく興奮《こうふん》のうずでした。

しかし、すぐに陸軍《りくぐん》からきている監督官《かんとくかん》の中尉《ちゅうい》が、

「喜《よろこ》ぶのはそこまで。早《はや》く仕事《しごと》にもどれ」

と命令《めいれい》し、みんなそれぞれ自分《じぶん》の持《も》ち場《ば》にもどりました。

軍刀《ぐんとう》を腰《こし》につるした中尉《ちゅうい》は、急《きゅう》に踵《かかと》を合《あ》わせて、直立不動《ちょくりつふどう》の姿勢《しせい》になり、

「風船爆弾《ふうせんばくだん》がこのような大成果《だいせいか》をあげて、天皇陛下《てんのうへいか》もさぞお喜《よろこ》びのことと思《おも》う。みんなも

心《こころ》して、これからも一層《いっそう》仕事《しごと》に励《はげ》むように」

そう訓示《くんじ》して出《で》て行《い》くと、また、もとのように元気《げんき》なかけ声《ごえ》をかけながら、作業《さぎょう》が始《はじ》まりました。

その日《ひ》の午前中《ごぜんちゅう》にそれぞれの四半球《しはんきゅう》ができあがりました。そして午後《ごご》はその四半球《しはんきゅう》が貼《は》り合《あ》わされ、ぼくが完成《かんせい》しました。

完成《かんせい》したぼくのまわりに、命名式《めいめいしき》だといって女学生《じょがくせい》たちが集《あつ》まって来《き》ました。

気球《ききゅう》に名前《なまえ》をつけるのは、もともと節《せつ》ちゃんとチャコちゃんとのお遊《あそ》びでした。節《せつ》ちゃんが星座《せいざ》や星《ほし》の名前《なまえ》にくわしいので、「はくちょう号《ごう》」とか「ほうおう号《ごう》」「おとめ号《ごう》」と、勝手《かって》に名前《なまえ》をつけて楽《たの》しんでいたのですが、しだいに興味《きょうみ》を持《も》つ人《ひと》がふえ、命名式《めいめいしき》をしようという人《ひと》もあって、節《せつ》ちゃんがつけた名前《なまえ》をチャコちゃんが発表《はっぴょう》することになったのです。

そんな子供《こども》っぽいことに関心《かんしん》のない人《ひと》もいますから、全員《ぜんいん》というわけにはいきませんが、二十人《にん》ほど集《あつ》まった級友《きゅうゆう》たちの前《まえ》で、チャコちゃんは神妙《しんみょう》な顔《かお》で「命名式《めいめいしき》を始《はじ》めます」といい、「二月十八日《がつにち》に完成《かんせい》したこの気球《ききゅう》を、『ほくと号《ごう》』と命名《めいめい》します」と発表《はっぴょう》しました。

「北《きた》の空《そら》に輝《かがや》く北斗七星《ほくとしちせい》のほくとです。節《せつ》ちゃんの話《はなし》によると、北斗七星《ほくとしちせい》は星座《せいざ》ではなく、おおくま座《ざ》の一部《いちぶ》だそうですが、そんなことには関係《かんけい》なく、だれにでもすぐ見《み》つけることができ、みんなに一番親《ばんした》しまれている星《ほし》ということでつけました。ほくと号《ごう》の活躍《かつやく》を祈《いの》って、命名式《めいめいしき》を終《お》わります」

パラパラと拍手《はくしゅ》が起《お》こり、そのあとぼくは運動場《うんどうじょう》に建《た》てられた満球場《まんきゅうじょう》に運《はこ》ばれました。バラック建《だ》てですが、直径《ちょっけい》十メートルの気球《ききゅう》をふくらませるための背《せ》の高《たか》い建物《たてもの》です。

ぼくを運《はこ》ぶ途中《とちゅう》、一人《ひとり》がチャコちゃんに「今日《きょう》は風船爆弾《ふうせんばくだん》が大戦果《だいせんか》を上《あ》げたあとだから、もっと勇《いさ》ましい名前《なまえ》がつくのかと思《おも》っていたんだけど、あんがい平凡《へいぼん》だったわね」と話《はな》しかけました。

「『ほくと』いう名前《なまえ》には、節《せつ》ちゃんの特別《とくべつ》な思《おも》い入《い》れがあるようよ」

チャコちゃんはそういっただけで、説明《せつめい》しませんでしたので、何《なん》のことかわからなかったのですが、運《はこ》ばれながらぼくは、節《せつ》ちゃんのお兄《にい》さんの名前《なまえ》が直人《なおと》さんだったことに気《き》がつきました。

「ナオト」と「ホクト」、言葉《ことば》のひびきが似《に》ていると思《おも》いませんか。

ぼくは直人《なおと》さんの弟《おとうと》にでもなったようで、嬉《うれ》しくなりました。

気球《ききゅう》の中《なか》に入《はい》って点検補修《てんけんほしゅう》

翌日《よくじつ》、ぼくは満球場《まんきゅうじょう》の送風機《そうふうき》で空気《くうき》を送《おく》り込《こ》まれ、三分《ぶん》の一ほどふくらまされ、内側《うちがわ》と外側《そとがわ》からの点検《てんけん》を受《う》けました。

ぼくの下半球《かはんきゅう》には、人《ひと》が一人通《ひとりとお》れるほどの口《くち》が開《あ》いており、そこから中《なか》に七、八人《にん》が入《はい》り、外《そと》にはもっと多《おお》くの人《ひと》がいて、それぞれの持《も》ち場《ば》をきめて、気球紙《ききゅうし》に傷《きず》や異物《いぶつ》のまじったところはないか、貼《は》り合《あ》わせ目《め》に空気《くうき》の泡《あわ》がないか、はがれそうなところはないかと点検《てんけん》し、そこに補修紙《ほしゅうし》を貼《は》って補修《ほしゅう》していくのです。

これまでにも何度《なんど》も点検《てんけん》を受《う》けていますが、これが最終点検《さいしゅうてんけん》というわけです。

ぼくはこの日《ひ》を楽《たの》しみにしていました。

なぜなら節《せっ》ちゃんが、気球《ききゅう》の中《なか》に入《はい》って点検《てんけん》、補修《ほしゅう》をするときが、一番楽《ばんたの》しくて好《す》きだといっていたのです。

外《そと》の明《あ》かりが分厚《ぶあつ》い紙《かみ》を通《とお》して、ぼんやりにじんだように見《み》え、幻想的《げんそうてき》で、とてもきれいなのだそうです。

まったくの別世界《べっせかい》で、母親《ははおや》の胎内《たいない》にでもいるような、安《やす》らいだ気持《きも》ちになるといっていました。


その日《ひ》、朝《あさ》から点検作業《てんけんさぎょう》が始《はじ》まり、節《せっ》ちゃんもぼくの内部《ないぶ》に入《はい》ってきたのですが、女学生《じょがくせい》たちはみんな浮《う》き浮《う》きしたようすで、にぎやかでした。

風船爆弾《ふうせんばくだん》が大戦果《だいせんか》を上《あ》げたお祝《いわ》いもかねて、学校《がっこう》と工場側《こうじょうがわ》とが相談《そうだん》した結果《けっか》、今日《きょう》はぼくの点検《てんけん》、補修《ほしゅう》だけで、午後《ごご》は仕事《しごと》をお休《やす》みにして、演芸会《えんげいかい》が開《ひら》かれるというのです。

ちょうど気球貼《ききゅうは》りの仕事《しごと》もひと段落《だんらく》し、次《つぎ》の気球《ききゅう》に取《と》りかかる前《まえ》ですから、作業場《さぎょうじょう》である講堂《こうどう》を片《かた》づけ、近《ちか》くの製紙工場《せいしこうじょう》に動員《どういん》されている百名《ひゃくめい》の同級生《どうきゅうせい》たちや、学校《がっこう》に残《のこ》っている下級生《かきゅうせい》も参加《さんか》するようでした。

気球貼《ききゅうは》りの仕事《しごと》をしている生徒《せいと》の中《なか》には、芸達者《げいたっしゃ》な者《もの》が多《おお》く「もげ節楽団《ぶしがくだん》」というグループがあるのです。

この前《まえ》の演芸会《えんげいかい》のとき、彼女《かのじょ》らは「世《よ》はまさに代用品時代《だいようひんじだい》」と題《だい》して、提灯《ちょうちん》のアコーデオン、箒《ほうき》の三味線《しゃみせん》、すりこぎの尺八《しゃくはち》、板切《いたき》れのお琴《こと》、金盥《かなだらい》のドラムなどを手《て》にし、軍歌《ぐんか》のかえ歌《うた》を歌《うた》い、大好評《だいこうひょう》だったそうです。

戦争中《せんそうちゅう》はあらゆる物資《ぶっし》が不足《ふそく》し、「世《よ》はまさに代用品時代《だいようひんじだい》」でした。代用食《だいようしょく》にサツマイモなどというのはまだいいほうで、これまで捨《す》てていたイモの蔓《つる》を干《ほ》して粉《こな》にして作《つく》ったパンになり、代用石鹸《だいようせっけん》などは泥《どろ》をこねて固《かた》めただけというような粗悪《そあく》なものでした。

「今度《こんど》も『もげ節楽団《ぶしがくだん》』が出るの？」

「もちろんよ。薦田《こもだ》さんは昨夜《さくや》、大急《おおいそ》ぎで二曲《きょく》、新曲《しんきょく》を作《つく》ったんですって。『風船爆弾讃歌《ふうせんばくだんさんか》』と『風船爆弾君《ふうせんばくだんくん》よ、ありがとう』ですって」

「うわ、楽《たの》しみ」

目《め》の前《まえ》の部分《ぶぶん》の点検補修《てんけんほしゅう》が終《お》わると、内側《うちがわ》の人《ひと》は一列《れつ》に並《なら》んで足《あし》で踏《ふ》みつけて行《い》き、外側《そとがわ》の生徒《せいと》も応援《おうえん》して補修《ほしゅう》の終《お》わった部分《ぶぶん》が床《ゆか》のほうに来《き》て、別《べつ》の部分《ぶぶん》が目《め》の前《まえ》に来《く》るように気球《ききゅう》を回《まわ》して、点検補修《てんけんほしゅう》をし、次々《つぎつぎ》に回《まわ》して全体《ぜんたい》の補修《ほしゅう》を終《お》えるのです。

その間《あいだ》も彼女《かのじょ》たちのおしゃべりは続《つづ》きました。

これでは別世界《べっせかい》にいるような感《かん》じも、母《はは》の胎内《たいない》にいるような安《やす》らぎも感《かん》じられないでしょう。ぼくは節《せっ》ちゃんのために心配《しんぱい》していたのですが、作業《さぎょう》が終《お》わるとほかの人《ひと》たちは、大急《おおいそ》ぎで出《で》て行《い》きました。

「節《せっ》ちゃん、早《はや》く行《い》こう」と誘《さそ》う友《とも》だちに「ここが終《お》わったら行《い》くから、先《さき》に行《い》って」と答《こた》えていましたが、みんなが部屋《へや》を出《で》て行《い》ってからも、彼女《かのじょ》はまだ残《のこ》っていました。

きっと一人《ひとり》で、安《やす》らいだ気持《きも》ちを味《あじ》わっているのだろうと、ぼくはじゃまをしないようにしていました。

せっかく二人《ふたり》だけになれたのに、ぼくはどぎまぎするだけで、話《はな》しかけることもできません。息苦《いきぐる》しささえ感《かん》じていたのですが、しばらくすると、チャコちゃんがやって来《き》ました。

「ここで思《おも》いきり泣《な》きなさい」

「節《せっ》ちゃん、いる？」

チャコちゃんはそういいながら、ぼくの中《なか》に入《はい》ってきて、

「ああ、やっぱり、ここだったのね。ここはあなたの秘密《ひみつ》の隠《かく》れ家《が》ですものね」

といい、

「早《はや》く行《い》こう。もう始《はじ》まるよ。風船爆弾《ふうせんばくだん》の戦果《せんか》を大々的《だいだいてき》に祝《いわ》おうと、工場側《こうじょうがわ》でも炊《た》き込《こ》みご飯《はん》のおにぎりや、お汁粉《しるこ》まで用意《ようい》してくれているそうよ」

「私《わたし》たち損《そん》な時代《じだい》に生《う》まれたと思《おも》わない？」と嘆《なげ》いていたチャコちゃんにしては、嬉《うれ》しそうな弾《はず》んだ声《こえ》です。

それはそうでしょう。人《ひと》の心《こころ》なんていつも同《おな》じとは限《かぎ》らないのです。そのときそのときの状況《じょうきょう》しだいで、喜《よろこ》んだり悲《かな》しんだり怒《おこ》ったりと、さまざまに変化《へんか》をするのです。

都会《とかい》ほどでないにしても、地方《ちほう》でも食糧難《しょくりょうなん》が深刻《しんこく》になっていて、みんなお腹《なか》をすかせて

いるときですから、炊《た》き込《こ》みご飯《はん》のおにぎりや、お汁粉《しるこ》が出《で》るとなるとだれでも大喜《おおよろこ》びです。

今《いま》でいうと、会社《かいしゃ》の新製品《しんせいひん》の評判《ひょうばん》がいいから、ごほうびに「五日間《いつかかん》のハワイ旅行《りょこう》」というのと同《おな》じくらいのごほうびです。

それなのに節《せっ》ちゃんは、行《い》かないといっているようなのです。

「どうして？」

「風船爆弾《ふうせんばくだん》が戦果《せんか》をあげても、ちっとも嬉《うれ》しくないのよ。喜《よろこ》ぶ気《き》にはなれないの」

「昨日《きのう》はあんなに喜《よろこ》んでいたじゃない？」

「死傷者《ししょうしゃ》五百人《ひゃくにん》と聞《き》いて無邪気《むじゃき》に喜《よろこ》んでいた自分《じぶん》がなさけないのよ。風船爆弾《ふうせんばくだん》の犠牲《ぎせい》になった人《ひと》たちだって、だれかの子供《こども》であり、だれかの親《おや》でもあるわけでしょう。アメリカ人《じん》だって、親《おや》が子《こ》を思《おも》う気持《きも》ちは変《か》わらないと思《おも》うの。残《のこ》された人《ひと》の悲《かな》しみを思《おも》うと喜《よろこ》ぶ気《き》にはなれないのよ」

——え？　いったい、どうしたというんだ？

ぼくはびっくりし、心配《しんぱい》になりました。

親友《しんゆう》のチャコちゃんしかいなくて、ほかの人《ひと》に聞《き》かれる心配《しんぱい》はないにしても、日本中《にほんじゅう》の人《ひと》がアメリカ人《じん》を一人《ひとり》でも多《おお》く殺《ころ》したい、アメリカに少《すこ》しでも多《おお》くの損害《そんがい》を与《あた》えたいと、みんな必死《ひっし》で戦《たたか》っているのに、そんなことを考《かんが》えるだけでもおそろしいことです。

ふだんの思慮深《しりょぶか》い彼女《かのじょ》は、どこへいったのか。

ぼくは早《はや》く思慮分別《しりょふんべつ》を取《と》りもどしてほしいと願《ねが》っていたのですが、あれは思慮分別《しりょふんべつ》などをこえた、彼女《かのじょ》の魂《たましい》の叫《さけ》びだったのかもしれません。

「私《わたし》は兄《あに》を亡《な》くした両親《りょうしん》の悲《かな》しみを身近《みぢか》で、つぶさに見《み》ているから……。そりゃ昼間《ひるま》、人《ひと》前《まえ》では『お国《くに》のためですから』などと涙《なみだ》も見《み》せずにいっているけど、母《はは》は毎晩《まいばん》布団《ふとん》の中《なか》でかくれるようにして泣《な》いているの。父《ちち》のほうは男《おとこ》だから泣《な》くこともできなくて、もっとつらいと思《おも》うのよ。私《わたし》だって『お兄《にい》さんをかえして』と大声《おおごえ》で叫《さけ》びたいわ。でも悲《かな》しんでいる両親《りょうしん》を見《み》ると、私《わたし》だけでもしっかりしていなければと、なるべく明《あか》るくふるまっているけど、それももう限界《げんかい》……」

彼女《かのじょ》の声《こえ》は涙声《なみだごえ》になり、あとは何《なに》をいっているのかよくわからなかったのですが、最後《さいご》の言葉《ことば》だけははっきり聞《き》こえました。

「だから、もうだれの命《いのち》も奪《うば》ってほしくないのよ」

チャコちゃんも彼女《かのじょ》を説得《せっとく》するのは無理《むり》だと思《おも》ったのでしょう。

「わかった。みんなにはあなたは気分《きぶん》が悪《わる》くて、休《やす》んでいるといっておくわ」

といい、たぶん彼女《かのじょ》の肩《かた》でも抱《だ》いているのでしょう、やさしい声《こえ》で、

「ここで思《おも》いきり泣《な》きなさい。あなたはお兄《にい》さんが戦死《せんし》しても、家《いえ》でさえも泣《な》くことができなかったんだから……。泣《な》けば少《すこ》し気分《きぶん》が楽《らく》になるわ」といい、「じゃ私《わたし》は行《い》くからね」

と立《た》ち上《あ》がりました。

「ここの守衛《しゅえい》さんにも、あなたのじゃまをしないでと、お願《ねが》いしておくから」

といって、部屋《へや》を出《で》て行《い》きました。

あとに残《のこ》された節《せっ》ちゃんは、声《こえ》を殺《ころ》して泣《な》いているようでした。

ぼくはどう慰《なぐさ》めてよいかわからなくて、ただ大事《だいじ》なものをしっかり抱《かか》えて、守《まも》っているような気《き》になっていました。

三十分《ぷん》ほどすると、彼女《かのじょ》もやっと気《き》を取《と》りなおしたようで立《た》ち上《あ》がって、外《そと》へ出《で》て、ぼくの肌《はだ》をやさしく撫《な》でながら「ほくと君《くん》、ありがとう」といって満球場《まんきゅうじょう》から出《で》て行《い》きまし

た。

恋《こい》をしているときは、相手《あいて》のほんのちょっとした言葉《ことば》に傷《きず》ついたり、不安《ふあん》になったりするものですが、その反対《はんたい》に、嬉《うれ》しくて、天《てん》にものぼるような気持《きも》ちになるときもあります。ぼくはまさに、天《てん》にものぼるような気持《きも》ちでした。

節《せっ》ちゃんは汽車《きしゃ》や飛行機《ひこうき》や、そのほか機械《きかい》で作《つく》られたものを呼《よ》ぶときの「号《ごう》」ではなく、「ほくと君《くん》」と親《した》しみを込《こ》めて呼《よ》んでくれたのです。

そうです。ぼくは「ほくと号《ごう》」ではなく、「ほくと君《くん》」です。「ほくと君《くん》」として生《い》きたいと思《おも》いました。

ぼくの体《からだ》には、彼女《かのじょ》が流《なが》した涙《なみだ》のあとが染《し》みになって残《のこ》っていますし、「だから、もうだれの命《いのち》も奪《うば》ってほしくないのよ」という言葉《ことば》が、ずっしりとした重《おも》みを持《も》って残《のこ》っています。ぼくはそれを忘《わす》れないように、生《い》きようと決心《けっしん》しました。

別《わか》れの言葉《ことば》もかわせないまま

翌日《よくじつ》からまた、作業場《さぎょうじょう》になっている講堂《こうどう》では、気球貼《ききゅうは》りの仕事《しごと》が始《はじ》まったようですが、ぼくは貼《は》り合《あ》わせや補修《ほしゅう》に使《つか》ったこんにゃく糊《のり》が、完全《かんぜん》に乾《かわ》くまでの四、五日間《にちかん》、そのまま放置《ほうち》され、それから圧力《あつりょく》テストを受《う》け、そのあと、防水用《ぼうすいよう》のラッカーを外側《そとがわ》から吹《ふ》きつけられました。

圧力《あつりょく》テストや、ラッカーの吹《ふ》きつけは、ほかの班《はん》が来《き》たので、節《せっ》ちゃんには会《あ》えませんでしたが、あの日《ひ》から一週間《しゅうかん》ほど経《た》った日《ひ》、彼女《かのじょ》がやって来《き》ました。

ぼくの気《き》のせいか節《せっ》ちゃんは、ちょっと沈《しず》みこんでいるようすでしたし、それに、そのときは、ぼくを折《お》りたたんで木箱《きばこ》に入《い》れる作業《さぎょう》だったので、あっという間《ま》に終《お》わり、ぼくは別《わか》れの挨拶《あいさつ》もできないままに、気《き》がつくと木箱《きばこ》に入《い》れられ、頭《あたま》の上《うえ》で釘《くぎ》を打《う》つ音《おと》がしていました。

ぼくの思《おも》い出話《でばなし》を長々《ながなが》としていたので、読者《どくしゃ》のみなさんはもう忘《わす》れたかもしれませんが、話《はなし》は、そうやって木箱《きばこ》に入《い》れられたぼくが、準備庫《じゅんびこ》の床《ゆか》の上《うえ》に広《ひろ》げられ、兵隊《へいたい》さんたちがぼくにいろいろな装置《そうち》を取《と》りつけながら、風船爆弾《ふうせんばくだん》の話《はなし》をしているところだったのです。

こうやって毎日風船爆弾《まいにちふうせんばくだん》を飛《と》ばしているのに、アメリカはあわてるどころか、ますます攻勢《こうせい》を強《つよ》めてくる。いったいどうなっているんだといらだつ兵隊《へいたい》さんに、一人《ひとり》がなだめるように、

「風船爆弾《ふうせんばくだん》が戦果《せんか》をあげたことが、一度《ど》新聞《しんぶん》にのったじゃないか」といい、そこでぼくはその新聞記事《しんぶんきじ》のことや、その記事《きじ》がぼくの悩《なや》みの原因《げんいん》になっていることを思《おも》い出《だ》していたのです。

ぼくは木箱《きばこ》に入《はい》っている間《あいだ》、外《そと》の世界《せかい》のことはわからなかったので、風船爆弾《ふうせんばくだん》はその後《ご》も戦果《せんか》をあげ、新聞《しんぶん》をにぎわせているとばかり思《おも》っていました。節《せっ》ちゃんはどう思《おも》っているのだろう。そんな心配《しんぱい》までしていたのです。

それなのに分隊長殿《ぶんたいちょうどの》が、

「あれは誤報《ごほう》だったらしいな。あのあと風船爆弾《ふうせんばくだん》のことは新聞《しんぶん》には一言《こと》も出《で》ないし、上《うえ》のほうの偉《えら》いさんたちも、風船爆弾《ふうせんばくだん》がアメリカに届《とど》いているかどうか、よくわからないらしい」

と、あっさりいうので、びっくりしました。

「何《なに》しろ、風《かぜ》まかせだからな」

分隊長《ぶんたいちょう》の向《む》かい側《がわ》にいる兵隊《へいたい》さんも、口《くち》を出《だ》しました。

「だから最初《さいしょ》に自分《じぶん》たちは、連隊長《れんたいちょう》のところへ行《い》って『自分《じぶん》たちを気球《ききゅう》に乗《の》せてください』と特攻《とっこう》を志願《しがん》したんだ。零下《れいか》五十度《ど》に耐《た》える防寒服《ぼうかんふく》と、上空《じょうくう》は空気《くうき》がうすいから、酸《さん》素《そ》ボンベを用意《ようい》してくれれば、気球《ききゅう》に乗《の》ってアメリカまで行《い》き、自分《じぶん》の手《て》で爆弾《ばくだん》を落《お》とし、そのあと自爆《じばく》するって。結局《けっきょく》、お前《まえ》たちの気持《きも》ちはわかるが、時期《じき》を待《ま》てということになったけど」

そう話《はな》している兵隊《へいたい》さんの話《はなし》をさえぎって、突然声《とつぜんこえ》が上《あ》がりました。

「風船爆弾《ふうせんばくだん》はアメリカに届《とど》いているよ。そうに決《き》まっている」

窓《まど》ぎわでしょんぼりしていた合田上等兵《ごうだじょうとうへい》です。いつの間《ま》にかみんなに加《くわ》わって、黙々《もくもく》と作業《さぎょう》していたのですが、とうとうたまらなくなったようにしゃべり始《はじ》めました。

「だって、試験飛行《しけんひこう》をくりかえして、七割以上《わりいじょう》はアメリカ本土《ほんど》に届《とど》くという結果《けっか》が出《で》たんだろ。届《とど》いているに決《き》まっているよ。被害《ひがい》も出《で》ているはずだ。アメリカは日本《にほん》を喜《よろこ》ばせたくなくて、秘密《ひみつ》にしているだけだ」

彼《かれ》としては、そう考《かんが》えたくなる気持《きも》ちもわかります。

そうでなければ、家族全員《かぞくぜんいん》を失《うしな》って、ここで風船爆弾《ふうせんばくだん》を飛《と》ばす準備《じゅんび》をしている意味《いみ》がないではありませんか。

そして彼《かれ》のいうことも、ほんとうかもしれないのです。

「そうだな、日本《にほん》だって、風船爆弾《ふうせんばくだん》のことが敵《てき》に知《し》られないように、極秘《ごくひ》にしているのだから、アメリカだって秘密《ひみつ》にしていることは十分考《じゅうぶんかんが》えられる」

分隊長《ぶんたいちょう》もうなずいていました。

木箱《きばこ》に入《はい》っていた手紙《てがみ》

そのとき、準備庫《じゅんびこ》の隅《すみ》でぼくたちの入《はい》っていた木箱《きばこ》をこわして、片《かた》づけていた兵隊《へいたい》さんが、声《こえ》を上《あ》げました。

「おーい、手紙《てがみ》が入《はい》っていたぞ」

と、一枚《まい》の紙《かみ》きれをひらひらさせながら、こちらへ向《む》かって来《き》ます。

とたんにぼくのまわりの兵隊《へいたい》さんたちも、重苦《おもくる》しい話《はなし》から解放《かいほう》されて、なごやかな笑《わら》い声《ごえ》を立《た》てました。

「おぅ、ラブレターか」

「バカ、ラブレターは敵性語《てきせいご》だぞ、恋文《こいぶみ》といえ、恋文《こいぶみ》」

そうなんです。だれがそんな愚《おろ》かなことをいいだしたのか知《し》りませんが、敵《てき》の言葉《ことば》は使《つか》うなといって、野球《やきゅう》の「ストライク」「アウト」さえ禁止《きんし》になって、「よし」とか「だめ」というようになっていたのです。

アメリカでは日本《にほん》との戦争《せんそう》が始《はじ》まると、日本《にほん》のことをもっとよく知《し》らなければと、日本《にほん》語熱《ごねつ》がさかんになり、日本語《にほんご》の通訳《つうやく》の養成《ようせい》にも力《ちから》を入《い》れていたというのに。

「恋《こい》しい、恋《こい》しい風船爆弾《ふうせんばくだん》ちゃん。それを打《う》ち上《あ》げてくださる兵隊《へいたい》さんも、ほんとうにご苦労《くろう》さまです、か」

兵隊《へいたい》さんたちだけでなく、ぼくも「もしかしたら、節《せっ》ちゃんが」と胸《むね》をどきどきさせていたのですが、手紙《てがみ》を持《も》った兵隊《へいたい》さんは、お隣《となり》の風船爆弾君《ふうせんばくだんくん》の分隊長《ぶんたいちょう》さんの前《まえ》で止《と》まり、

「この気球《ききゅう》の入《はい》っていた木箱《きばこ》の底《そこ》にありました」と手紙《てがみ》をさし出《だ》しました。

兵隊《へいたい》さんもぼくも、がっかりです。

「そうか」

隣《となり》の班《はん》の分隊長《ぶんたいちょう》さんは、ちょっと手紙《てがみ》に目《め》を通《とお》してから、改《あらた》まった口調《くちょう》で読《よ》み上《あ》げました。

『ラバウルで戦死《せんし》した兄《にい》さんのかたきを取《と》ってください』

それを聞《き》くと、こちらの班《はん》の兵隊《へいたい》さんたちまで、しんみりした顔《かお》になりました。

「おそらく木箱《きばこ》のふたを閉《し》める直前《ちょくぜん》になって、思《おも》いついて書《か》いたんだろうな。補修用《ほしゅうよう》の紙《かみ》に、走《はし》り書《が》きだ」

分隊長《ぶんたいちょう》がそういい、ほかの兵隊《へいたい》さんたちも、

「ラバウルというと、航空隊《こうくうたい》だな。お兄《にい》さんは飛行機乗《ひこうきの》りだったんだ」

と、つぶやいていたとき、

「ぼく、この手紙《てがみ》を書《か》いた少女《しょうじょ》のことを覚《おぼ》えているよ」

隣《となり》の風船爆弾君《ふうせんばくだんくん》が声《こえ》を上《あ》げました。

「圧力《あつりょく》テストの前《まえ》、空気《くうき》やごみが入《はい》っているところを補修《ほしゅう》しなければならなくなったとき、補《ほ》修紙《しゅうし》を貼《は》りつけたところを、ていねいになでてくれながら、『風船爆弾君《ふうせんばくだんくん》も、信三兄《しんぞうにい》さんと同《おな》じように大空《おおぞら》を飛《と》んで敵《てき》をやっつけるのよね。気《き》をつけるのよ』といって涙《なみだ》をこぼしたんだ。『信三兄《しんぞうにい》さんはもう帰《かえ》って来《こ》ないけど』と」

「たしか内村美代子《うちむらみよこ》という名前《なまえ》だったたな。友《とも》だちが彼女《かのじょ》のことを内村《うちむら》さんとか、美代《みよ》ちゃんと呼《よ》んでいた。美代子《みよこ》さん、手紙《てがみ》ありがとう。お兄《にい》さんのかたきは、ぼくがきっととるよ。まかせてくれ」

風船爆弾君《ふうせんばくだんくん》の声《こえ》は、兵隊《へいたい》さんたちに聞《き》こえているのかどうかわかりませんが、ぼくにはビンビンひびきます。

「彼女《かのじょ》の面影《おもかげ》を抱《いだ》いて飛《と》んで行《い》けるなんて、ぼくはしあわせだな。このままだれにも知《し》られず、アメリカの空《そら》で果《は》てるのかと思《おも》っていたが、少《すく》なくとも彼女《かのじょ》だけはぼくのことを知《し》っていて、いつまでも覚《おぼ》えていてくれるんだ」

でもその美代子《みよこ》さんは、一昨日《おととい》の空襲《くうしゅう》から無事《ぶじ》逃《に》げられたのだろうか。ぼくはちょっと心配《しんぱい》でしたが、そんなこと口《くち》にはできません。

彼《かれ》の夢《ゆめ》をこわしたくありません。

ぼくは手紙《てがみ》をもらったお隣《となり》さんがちょっぴりうらやましく、ぼくたちは別《わか》れの言葉《ことば》さえかわすことができなかったが、節《せつ》ちゃんはぼくのことを覚《おぼ》えていてくれるだろうかと考《かんが》えました。

「覚《おぼ》えているに決《き》まってるさ。彼女《かのじょ》だって、気球《ききゅう》の中《なか》で泣《な》いたことなどこれまでなかっただろうから」

しかし節《せつ》ちゃんのことを思《おも》い出《だ》して、あまい感傷《かんしょう》にひたっているひまはありませんでした。

ぼくの配線《はいせん》の点検《てんけん》を終《お》えた分隊長《ぶんたいちょう》が、

「準備完了《じゅんびかんりょう》、よし、運《はこ》べ」と命令《めいれい》したのです。

兵隊《へいたい》さんたちが爆弾《ばくだん》を装備《そうび》した大《おお》きな図体《ずうたい》のぼくを、用心《ようじん》ぶかく台車《だいしゃ》に乗《の》せ、打《う》ち上《あ》げ台《だい》というか、正確《せいかく》には放球台《ほうきゅうだい》まで運《はこ》んで行《い》くことになったのです。

第《だい》3章《しょう》 大空《おおぞら》への旅立《たびだ》ち

基地《きち》の空《そら》に浮《う》かぶお化《ば》けクラゲ

外《そと》はもうすっかり夜《よる》があけて、明《あか》るくなっていました。目《め》の前《まえ》には大《おお》きな、青《あお》い海《うみ》がどこまでも広《ひろ》がっています。少《すこ》し風《かぜ》があるのか沖《おき》のほうでは、白波《しらなみ》が立《た》っています。空《そら》も青《あお》く晴《は》れ渡《わた》っていますが、その青《あお》い空《そら》に、打《う》ち上《あ》げられた気球《ききゅう》が四つ五つ、空中《くうちゅう》にただよい上昇《じょうしょう》しています。

気球《ききゅう》といってもまん丸《まる》ではなくて、最初《さいしょ》は水素《すいそ》ガスを六分《ぶ》くらいしか入《い》れていないし、下《した》に重《おも》い物《もの》を吊《つ》るしてあるので、下半球《かはんきゅう》がだらんとたれ下《さ》がって変《へん》な格好《かっこう》です。兵隊《へいたい》さんたちがいっていたのですが、「お化《ば》けクラゲ」です。海《うみ》の中《なか》を泳《およ》いでいる巨大《きょだい》なクラゲを想像《そうぞう》してみてください。

そのお化《ば》けクラゲが空中《くうちゅう》に浮《う》かんでいるのです。

でも、白《しろ》い体《からだ》に陽《ひ》がキラキラ輝《かがや》いて、きれいです。

「先輩《せんぱい》、ぼくもすぐ行《い》きますからね」

ぼくは手《て》を振《ふ》りたかったのですが、気球《ききゅう》には手《て》がありませんし、下手《へた》に動《うご》くと兵隊《へいたい》さんたちが困《こま》るので、ただ空《そら》を見上《みあ》げているだけでした。

ここはどこかって?

そうです。「いつ?」の次《つぎ》は「どこで?」でしたね。

ここは茨城県《いばらきけん》の大津海岸《おおつかいがん》の気球《ききゅう》の発射基地《はっしゃきち》、正確《せいかく》にいうと放球基地《ほうきゅうきち》です。

放球基地《ほうきゅうきち》はここのほかに、福島県《ふくしまけん》の勿来《なこそ》と、千葉県《ちばけん》の一宮《いちのみや》にもあるということです。

でも大津基地《おおつきち》が一番大《ばんおお》きくて、放流台《ほうりゅうだい》も他《ほか》のところは十二台《だい》ですが、ここは十八台《だい》あります。

そして攻撃部隊《こうげきぶたい》の連隊本部《れんたいほんぶ》もここにあり、第一大隊千五百人《だいいちだいたいせんごひゃくにん》の兵隊《へいたい》さんが、気球《ききゅう》を放流《ほうりゅう》しているのです。

世界地図《せかいちず》を見《み》てもらえばすぐわかることですが、日本《にほん》からアメリカ本土《ほんど》まで風船爆弾《ふうせんばくだん》を飛《と》ばすには、北海道《ほっかいどう》の東海岸《ひがしかいがん》、根室《ねむろ》あたりから飛《と》ばすのが、距離的《きょりてき》には一番近《ばんちか》いのです。

しかし北海道《ほっかいどう》から飛《と》ばすと、風向《かざむ》きによっては、シベリアまで飛《と》んで行《い》くおそれがあります。

シベリアは今《いま》はロシア領《りょう》ですが、その頃《ころ》はロシアをはじめウクライナ、ベラルーシ、カザフスタンなどいくつかの国《くに》が集《あつ》まって、ソビエト連邦共和国《れんぽうきょうわこく》、略《りゃく》してソ連《れん》という国《くに》を作《つく》っていました。

ソ連《れん》は当時《とうじ》アメリカやイギリスと同盟《どうめい》して連合国側《れんごうこくがわ》でしたが、日本《にほん》とは直接戦争《ちょくせつせんそう》はしていなかったのです。

日本《にほん》もソ連《れん》まで敵《てき》にして戦《たたか》う気《き》はありません。

だから日《にっ》ソ不可侵条約《ふかしんじょうやく》といって、お互《たが》いに攻撃《こうげき》しないという条約《じょうやく》を結《むす》んでいました。

敵国《てきこく》でもないところへ風船爆弾《ふうせんばくだん》が飛《と》んで行《い》って、被害《ひがい》を与《あた》えたら、それこそ大変《たいへん》なことになります。

だから北海道《ほっかいどう》から飛《と》ばすのはやめて、その心配《しんぱい》のない関東《かんとう》と東北地方《とうほくちほう》の海岸《かいがん》の三か所《しょ》が選《えら》ばれたのです。

太平洋《たいへいよう》に向《む》かって飛《と》ばすのですから、海《うみ》に面《めん》していることはもちろんですが、砂袋《すなぶくろ》に詰《つ》める砂《すな》が必要《ひつよう》ですから、砂浜《すなはま》のあるところ。

それに秘密保持《ひみつほじ》のために、ひと目《め》につかないところでなくてはなりません。

ここ大津海岸《おおつかいがん》は右手《みぎて》に太平洋《たいへいよう》が広《ひろ》がり、きれいな砂浜《すなはま》があり、左手《ひだりて》には雑木林《ぞうきばやし》の低《ひく》い丘《おか》が幾重《いくえ》にも連《つら》なり、近《ちか》くを通《とお》る線路《せんろ》や国道《こくどう》からの視界《しかい》をさえぎっています。

その丘《おか》に囲《かこ》まれた低地《ていち》の田畑《たはた》をつぶして、基地《きち》を作《つく》ったのです。

日本人《にほんじん》の知恵《ちえ》と工夫《くふう》

ぼくたちを空《そら》へ送《おく》り出《だ》してくれる放球台《ほうきゅうだい》というのは、どんな構造《こうぞう》になっているのか、興《きょう》味《み》しんしんでしたが、拍子抜《ひょうしぬ》けするほど簡単《かんたん》なものでした。

地面《じめん》に直径《ちょっけい》十メートルの丸《まる》いコンクリートの床《ゆか》を作《つく》り、その円《えん》のまわりにロープをつなぎ止《と》めた丈夫《じょうぶ》な鉄《てつ》の環《わ》が十九個《こ》、埋《う》め込《こ》んであるだけです。

その台《だい》の上《うえ》にぼくはそっと置《お》かれ、兵隊《へいたい》さんたちがすばやくぼくの座帯《ざたい》につけた輪《わ》の中《なか》にロープのフックを入《い》れて、固定《こてい》していきます。

こんな簡単《かんたん》な装置《そうち》で、気球《ききゅう》を上《あ》げているのですから、ぼくは驚《おどろ》くと同時《どうじ》に感心《かんしん》しました。なるべくお金《かね》や物《もの》を使《つか》わないで、工夫《くふう》して作《つく》る日本人《にほんじん》の知恵《ちえ》です。

そもそも気球《ききゅう》にしても、今《いま》はすぐれた素材《そざい》がいろいろできているようですが当時《とうじ》は絹布《けんぷ》をゴム糊《のり》で貼《は》り合《あ》わせて作《つく》るのが常識《じょうしき》でした。

日本《にほん》でも海軍《かいぐん》が開発《かいはつ》しようとしていた気球《ききゅう》は、絹羽二重《きぬはぶたえ》をゴム糊《のり》で貼《は》り合《あ》わせたものでした。しかしそんなぜいたく品《ひん》は使《つか》えないから、身近《みぢか》にある和紙《わし》を使《つか》うことにしたのです。

和紙《わし》をこんにゃく糊《のり》で何枚《なんまい》か貼《は》り合《あ》わせて、丈夫《じょうぶ》な紙《かみ》を作《つく》ることは、昔《むかし》から日本人《にほんじん》の知《ち》恵《え》としてありました。

映画《えいが》やテレビドラマの時代劇《じだいげき》で、雨《あめ》が降《ふ》り出《だ》すと旅人《たびびと》たちが背中《せなか》の荷物《にもつ》から、あわてて合羽《かっぱ》を取《と》り出《だ》すのを見《み》たことがありませんか。あの合羽《かっぱ》が、和紙《わし》をこんにゃく糊《のり》で貼《は》り合《あ》わせたもので作《つく》られているのです。表面《ひょうめん》に油《あぶら》を塗《ぬ》ると防水《ぼうすい》にもなり、軽《かる》くて丈夫《じょうぶ》で重宝《ちょうほう》されていました。大切《たいせつ》なものを包装《ほうそう》するのにも使《つか》われました。

昔《むかし》の人《ひと》のその知恵《ちえ》が、風船爆弾《ふうせんばくだん》にも生《い》かされているのです。

ロープで放球台《ほうきゅうだい》に固定《こてい》されると、水素《すいそ》ガスのボンベが運《はこ》ばれて来《き》ました。

ここまでくればぼくの気持《きも》ちはどうであれ、逃《に》げ道《みち》はありません。ぼくの意志《いし》だけでは、どうにもならないのです。

自爆《じばく》しようにも、自爆装置《じばくそうち》もすべて自動的《じどうてき》に働《はたら》く仕組《しく》みになっていて、自爆《じばく》することさえできないのです。

ぼくは自分《じぶん》の運命《うんめい》を、天《てん》にまかせることにしました。

天《てん》にまかせるなんてひきょうなようですが、それはちがうと思《おも》うんです。

ぼくはこの宇宙《うちゅう》には、宇宙全体《うちゅうぜんたい》をつらぬくルールというか、法則《ほうそく》みたいなものがあると思《おも》うんです。

節《せつ》ちゃんの読《よ》んでいた本《ほん》で知《し》ったのですが、夜空《よぞら》で輝《かがや》いているあの無数《むすう》の星《ほし》たちも、みなそのルールで動《うご》いているのです。

一定《いってい》の軌道《きどう》を定期的《ていきてき》に回《まわ》っている星《ほし》もあるし、何億光年《なんおくこうねん》というとてつもない長《なが》い時間《じかん》をかけてですが、星《ほし》たちも地上《ちじょう》の生物《せいぶつ》と同《おな》じように、新《あたら》しく生《う》まれて成長《せいちょう》し、やがておとろえて死《し》んで行《い》くのです。

ぼくも宇宙《うちゅう》の一員《いちいん》ですから、その法則《ほうそく》にのっとっているわけですし、自分《じぶん》では気《き》がつかない使命《しめい》があるのかも知《し》れません。

もともとぼくは温《あたた》かい地方《ちほう》の山野《さんや》に自生《じせい》しているコウゾでした。和紙《わし》の原料《げんりょう》にはコウゾ、ミツマタ、ガンピなどありますが、コウゾは繊維《せんい》が長《なが》くてからまりあって、丈夫《じょうぶ》な紙《かみ》ができるのです。

そのコウゾから気球《ききゅう》になるまでに、どれほど多《おお》くの人《ひと》の世話《せわ》になり、手間《てま》がかかっていることか。

ぼく一球《いっきゅう》を作《つく》るのに、タテ六十一センチ、ヨコ九十七センチの標準型《ひょうじゅんがた》の和紙《わし》にして、四千枚《せんまい》もが使《つか》われているのです。

それに大量《たいりょう》のこんにゃく糊《のり》と、労力《ろうりょく》。

ぼくはその人《ひと》たちの期待《きたい》にこたえて、自分《じぶん》に与《あた》えられた任務《にんむ》を果《は》たさなければならないのです。

もしそれがほんとうに、天《てん》から与《あた》えられたぼくの使命《しめい》だとすれば、アメリカまで無事《ぶじ》にたどり着《つ》いて、爆弾《ばくだん》や焼夷弾《しょういだん》を落《お》とし使命《しめい》を果《は》たさせてください。

そうでなければ、アメリカへたどり着《つ》く前《まえ》に、太平洋《たいへいよう》に落《お》っこちても、文句《もんく》はいいません。

ぼくに使命《しめい》があるのなら、どうか、その使命《しめい》を果《は》たさせてください。

ぼくはそう祈《いの》り続《つづ》けました。

いずれにしてもぼくの命《いのち》は、そう長《なが》くありません。

ここを飛《と》び立《た》ったら、三日《みっか》、長《なが》くても四日《よっか》で尽《つ》きるでしょう。

考《かんが》えてもしかたのないことを、くよくよ悩《なや》んだりしないで、残《のこ》された時間《じかん》をせいいっぱい楽《たの》しく、充実《じゅうじつ》して生《い》きればいい。

ぼくに使命《しめい》があるのなら、天《てん》が自然《しぜん》に果《は》たさせてくれるはずです。

そう決心《けっしん》すると、不思議《ふしぎ》なことに身《み》も心《こころ》も軽《かる》くなりました。

いいえ、身《み》も心《こころ》も軽《かる》くなったのは、ぼくの体《からだ》に水素《すいそ》ガスが送《おく》りこまれたせいだったのかもしれません。

この基地《きち》には、海水《かいすい》から水素《すいそ》ガスを採取《さいしゅ》する装置《そうち》もあるということですが、水素《すいそ》ガスが送《おく》りこまれると、ぼくの体《からだ》がゆらぎ、頭《あたま》が持《も》ち上《あ》がりました。ガスが充満《じゅうまん》するにつれ、ぼくの体《からだ》がふくらんでいくのです。

圧力《あつりょく》テストのときも、ぼくは空気《くうき》を入《い》れられ、ふくらまされたことがあるのですが、あのときとは感《かん》じがちがうのです。

あのときはまわりの空気《くうき》と同《おな》じ重《おも》さの空気《くうき》を入《い》れられ、これでもかというように詰《つ》め込《こ》まれて息苦《いきぐる》しくなっただけですが、今度《こんど》はちがいます。

水素《すいそ》ガスはまわりの空気《くうき》より、ずっと軽《かる》いものですから、少《すこ》し水素《すいそ》ガスを入《い》れられただけで、体《からだ》が軽《かる》くなり、空《そら》をただよっているような気分《きぶん》になりました。

重力《じゅうりょく》から解放《かいほう》されて、どこまでも自由《じゆう》に飛《と》んで行《い》けるような気持《きも》ち。何《なん》でもできそうな気持《きも》ちです。

これまでの自分《じぶん》とは、全然《ぜんぜん》ちがった自分《じぶん》になったような気持《きも》ちです。ぼくは準備庫《じゅんびこ》で変身《へんしん》したように思《おも》っていましたが、あれは爆弾《ばくだん》やロープを身《み》につけた、見《み》かけだけの変身《へんしん》でした。が、今度《こんど》はほんとうの変身《へんしん》です。ぼく自身《じしん》が新《あたら》しいぼくに生《う》まれ変《か》わり、新《あたら》しい世界《せかい》が開《ひら》けたのです。

こういう気持《きも》ちを言葉《ことば》で説明《せつめい》するのは難《むずか》しいのですが、たとえば地中《ちちゅう》で何年《なんねん》も過《す》ごした蟬《せみ》の幼虫《ようちゅう》が地上《ちじょう》にはい出《で》てきて、近《ちか》くの木《き》に上《のぼ》り変身《へんしん》します。まず背中《せなか》のかたい殻《から》が割《わ》れて、胴体《どうたい》が出《で》て、つぎに頭《あたま》、それからお尻《しり》が出《で》て、背中《せなか》にちぢれっ毛《け》のようにくっついていた羽《はね》が、たちまちのうちに伸《の》び、自由《じゆう》に木《き》から木《き》へ飛《と》んで行《い》けるのです。

そのときの蟬《せみ》の気持《きも》ちはどんなでしょう。これまで見《み》たこともなかった明《あか》るい、新《あたら》しい世界《せかい》が、目《め》の前《まえ》に開《ひら》けているのです。地中《ちちゅう》をはい回《まわ》るだけだった自分《じぶん》にも、空《そら》を自由《じゆう》に飛《と》べる能力《のうりょく》があったのです。

なんとすばらしいことでしょう。

蝉君《せみくん》は希望《きぼう》にあふれ、喜《よろこ》んで新《あたら》しい世界《せかい》に向《む》かって飛《と》び立《た》って行《い》くでしょう。

ぼくもそうです。


「米本土《べいほんど》攻撃《こうげき》　よーい」「攻撃《こうげき》」


ぼくがそんなことを考《かんが》えている間《あいだ》にも、まわりの放球台《ほうきゅうだい》で、水素《すいそ》ガスの充塡《じゅうてん》を終《お》えた気《き》球《きゅう》が、

「放《はな》つ、よーい（用意《ようい》）」

「放《はな》て」

の号令《ごうれい》とともに、空《そら》に浮《う》かんでいきます。

なかには、

「米本土《べいほんど》攻撃《こうげき》、よーい」

「攻撃《こうげき》」

と、勇《いさ》ましい号令《ごうれい》をかける小隊長《しょうたいちょう》さんもいます。

それを聞《き》いたぼくのところの小隊長《しょうたいちょう》は、にっこりしました。

「われわれもあれでいこう。合田上等兵《ごうだじょうとうへい》のご家族《かぞく》のかたきを取《と》ってもらうためにも」

準備係《じゅんびがかり》と、放球係《ほうきゅうがかり》はメンバーがちがうのですが、同《おな》じ小隊《しょうたい》だから、小隊長《しょうたいちょう》も合田上等兵《ごうだじょうとうへい》のことは聞《き》いていたのでしょう。

小隊長《しょうたいちょう》はそういい、ぼくがまだ腹《はら》八分目《ぶんめ》どころか、六分目《ぶんめ》くらいのところでしたが、水素《すいそ》ガスの充塡《じゅうてん》が終《お》わったのか、ボンベが遠《とお》ざけられました。


水素《すいそ》ガスをなぜ満杯《まんぱい》まで詰《つ》めないのか、その理由《りゆう》がわかりますか。

それは地球《ちきゅう》を取《と》りまいている空気《くうき》の層《そう》は、地球《ちきゅう》の表面《ひょうめん》に近《ちか》いところは密度《みつど》が濃《こ》く、上空《じょうくう》にいくにつれ希薄《きはく》になり、圧力《あつりょく》が下《さ》がるからなんです。

ですからぼくも、今《いま》は六分通《ぶどお》りしかふくらんでいない「お化《ば》けクラゲ」ですが、上昇《じょうしょう》するにつれて外部《がいぶ》から受《う》ける圧力《あつりょく》が低《ひく》くなり、ふくらんでいきます。

ちょうど四千《せん》五百《ひゃく》メートルの高《たか》さになったとき、まん丸《まる》くなるのです。

最初《さいしょ》からいっぱいにふくらませておくと、外《そと》の空気《くうき》が希薄《きはく》になると、気球《ききゅう》はますますふくらもうとし、破裂《はれつ》してしまいます。

なお温度《おんど》が上《あ》がった場合《ばあい》、内部《ないぶ》の圧力《あつりょく》が高《たか》まると、下《した》の安全弁《あんぜんべん》が自動的《じどうてき》に開《ひら》いて、水素《すいそ》ガスを外《そと》へ出《だ》す装置《そうち》もついています。

小隊長《しょうたいちょう》は最後《さいご》に、ぼくの装置《そうち》のすべてのもとになる電池《でんち》のスイッチを入《い》れ、号令《ごうれい》をかけました。

「米本土《べいほんど》攻撃《こうげき》、よーい」

そのかけ声《ごえ》で、兵隊《へいたい》さんたちはぼくのまわりに並《なら》び、ぼくをつなぎ止《と》めている座帯《ざたい》のロープのフックに手《て》をかけます。

「攻撃《こうげき》」の命令《めいれい》とともに、いっせいにフックをはずすと、つなぎ止《と》めるもののなくなったぼくの体《からだ》は、大《おお》きくゆらぎながら、ふわりと空中《くうちゅう》に浮《う》かびました。

何《なん》ともいえないいい気持《きも》ちです。

でも少《すこ》し風《かぜ》があるので、姿勢《しせい》をくずさないように、十分注意《じゅうぶんちゅうい》をする必要《ひつよう》があります。

ほかの気球《ききゅう》とぶつかったりしないように用心《ようじん》して、順調《じゅんちょう》に上昇《じょうしょう》していたのですが、ぼくの近《ちか》くにいた気球《ききゅう》が、急《きゅう》に上昇《じょうしょう》をやめて横《よこ》に飛《と》び始《はじ》めました。

「おーい、君《きみ》、そっちじゃないよ」

ぼくは追《お》いかけてつかまえようとしましたが、こんな大《おお》きな図体《ずうたい》では機敏《きびん》に動《うご》けないし、彼《かれ》をつかまえる手《て》もありません。

ぼくにできるのは、ただ大声《おおごえ》で「もどれ！」「もどれ！」とどなることだけでした。

「ほっておけよ」

後《うし》ろで声《こえ》がしたので振《ふ》り向《む》くと、準備庫《じゅんびこ》でお隣《となり》さんだった風船爆弾君《ふうせんばくだんくん》です。

「どこの世界《せかい》にも、ああいうひねくれ者《もの》はいるんだ。先生《せんせい》がこうしろというと、その反対《はんたい》のことをしたがるやつがね」

「彼《かれ》はひねくれ者《もの》ではないよ。さっきの横風《よこかぜ》をまともに受《う》けてバランスをくずし、方向《ほうこう》がわからなくなったんだ」

「そうだったとしても、ぼくたちに何《なに》ができる？　ぼくたちにできるのは、彼《かれ》の分《ぶん》まで引《ひ》き受《う》けて戦果《せんか》を上《あ》げることだよ。ぼくたちには重大《じゅうだい》な使命《しめい》があるんだ。石《いし》にかじりついてもアメリカまで飛《と》んで行《い》って、攻撃《こうげき》しなければならないんだ」

彼《かれ》は手紙《てがみ》の主《ぬし》の美代子《みよこ》さんのお兄《にい》さんのかたきを取《と》らないといけないので、張《は》りきっているようです。

「石《いし》にかじりついて」なんて、地上《ちじょう》で暮《く》らしている者《もの》のいうことだよ。空《そら》には石《いし》なんてないのに、どうやってかじりつくんだい。

ぼくはそういいたくなっていたのですが、言葉尻《ことばじり》をつかまえて冗談《じょうだん》をいったりする場合《ばあい》ではありません。

「彼《かれ》はどうなるんだろう」と、口《くち》にしただけです。

「兵隊《へいたい》さんたちが追《お》いかけて、爆弾《ばくだん》が破裂《はれつ》しても被害《ひがい》がないようなところで、撃《う》ち落《お》とすんじゃないかな」

彼《かれ》はいともクールにいいます。

「最初《さいしょ》の頃《ころ》は、気象条件《きしょうじょうけん》の良《よ》いときを選《えら》んで打《う》ち上《あ》げていたが、日本《にほん》の上空《じょうくう》を吹《ふ》いている偏西風《へんせいふう》もそろそろ終《お》わりだからな。四月《がつ》の初《はじ》めまでに全部《ぜんぶ》打《う》ち上《あ》げてしまわないといけないので、気象条件《きしょうじょうけん》なんかかまっていられないんだ」

そのことはぼくも知《し》っていましたが、東京君《とうきょうくん》（ぼくがひそかにつけたあだ名《な》です）も、なかなかよく知《し》っているじゃないか、とぼくは感心《かんしん》しました。

「だから無理《むり》して、今日《きょう》のように風《かぜ》のある日《ひ》も打《う》ち上《あ》げているんだ。何《なん》でも無理《むり》をするとろくなことはないよ。必《かなら》ず犠牲者《ぎせいしゃ》が出《で》る。でも無理《むり》をしないといけないときもあるんだ」

その間《あいだ》にも、ぼくたちは他《ほか》の仲間《なかま》と同《おな》じようにぐんぐん上昇《じょうしょう》して行《い》きます。

空《そら》からの日本《にほん》の美《うつく》しい風景《ふうけい》

「あ、子供《こども》たちが手《て》を振《ふ》っているよ」

だれかが大声《おおごえ》で叫《さけ》び、ぼくも東京君《とうきょうくん》もそちらを見《み》ると、基地《きち》のすぐ近《ちか》くの丘陵《きゅうりょう》の松林《まつばやし》のとぎれたところに、子供《こども》が四、五人《にん》立《た》ってこちらに向《む》かって手《て》を振《ふ》っています。

「おーい、君《きみ》たち、しっかり勉強《べんきょう》するんだよ。後《あと》をたのむぞ！」

突然《とつぜん》、東京君《とうきょうくん》が大声《おおごえ》を上《あ》げました。

聞《き》こえるはずはないのですが、まるで聞《き》こえたように、子供《こども》たちは一層《いっそう》強《つよ》く手《て》を振《ふ》っています。

「彼《かれ》らは学校《がっこう》では『気球《ききゅう》を見《み》ても、そちらを見《み》ないように、すぐ目《め》をそらしなさい。そしてだれにもいってはいけません』といわれているらしいよ」

そうです。風船爆弾《ふうせんばくだん》のことをいくら秘密《ひみつ》にしようとしても、空《そら》を飛《と》んで行《い》く気球《ききゅう》を、近《ちか》くに住《す》む人《ひと》の目《め》に触《ふ》れないようにすることは、とうていできません。で、見《み》ても見《み》ぬ振《ふ》りをし、だれにもしゃべるなということになっているのです。

そのこともぼくは知《し》っていました。しかし今度《こんど》も、彼《かれ》に先《さき》を越《こ》されてしまいました。

彼《かれ》はさすがに都会《とかい》っ子《こ》だけあって、しゃべるのは得意《とくい》なようです。

そして今初《いまはじ》めて気《き》がついたのですが、何《なん》となくスマートで、ハンサムです。それに悪《わる》いやつじゃなし。

ぼくは彼《かれ》と仲良《なかよ》くなりたくて、彼《かれ》のそばを離《はな》れないようにしました。

「あの子《こ》たちは、ぼくたちの行《い》き先《さき》を知《し》っているのかな」

ぼくは彼《かれ》に聞《き》きました。

「そりゃあうすうす知《し》っているだろうね。だから学校《がっこう》で止《と》められていても、こうしてぼくたちを見送《みおく》りに来《き》てくれているんだ」

「あの子《こ》たちの目《め》に、ぼくたちはどう見《み》えているんだろう」

「白《しろ》い気球《ききゅう》が空《そら》にぽっかり浮《う》かんで、日《ひ》に輝《かがや》いているんだ。きっときれいだと思《おも》うよ」

「ぼくたちのこと、覚《おぼ》えていてくれるかな」

「覚《おぼ》えていてくれるよ。子供《こども》の頃《ころ》、印象《いんしょう》に残《のこ》ったことは、なかなか忘《わす》れないものなんだ」

その間《あいだ》にもぼくたちは上昇《じょうしょう》し、子供《こども》たちの姿《すがた》もだんだん小《ちい》さくなっていきます。

下《した》には箱庭《はこにわ》のような整然《せいぜん》とした、美《うつく》しい風景《ふうけい》が広《ひろ》がっています。

ゆるやかなカーブを描《えが》いて延《の》びる海岸線《かいがんせん》。白《しろ》い砂浜《すなはま》、松林《まつばやし》。

整然《せいぜん》と区画《くかく》された青《あお》い麦畑《むぎばたけ》。その中《なか》を、海岸線《かいがんせん》と平行《へいこう》して延《の》びる鉄道線路《てつどうせんろ》や、道路《どうろ》。

「空《そら》を飛《と》ぶ鳥《とり》は、毎日《まいにち》こんな景色《けしき》を見《み》ているんだね。人間《にんげん》が鳥《とり》のように空《そら》を飛《と》びたいと、長《なが》い間《あいだ》、あこがれていた気持《きも》ちがわかるような気《き》がするよ」

ぼくがそういうと、

「きれいだな。日本《にほん》の自然《しぜん》の風景《ふうけい》が、こんなに美《うつく》しいとは知《し》らなかったよ」

東京君《とうきょうくん》もしきりに感心《かんしん》しています。

彼《かれ》は都会育《とかいそだ》ちだから、なおさらそう思《おも》うのかもしれません。

空《そら》からのこの景色《けしき》を一目《ひとめ》、節《せっ》ちゃんに見《み》せたかったな。ぼくの心残《こころのこ》りは今《いま》となってはそれだけです。

「でも、この美《うつく》しい風景《ふうけい》ともお別《わか》れだ。永遠《えいえん》にね」

ぼくが万感《ばんかん》の思《おも》いをこめてつぶやくと、

「そうだね」

東京君《とうきょうくん》もちょっとさびしそうにうなずき、

「君《きみ》とは、いい道連《みちづ》れになれそうだね。よろしくたのむよ」

といいました。

それこそ、ぼくの望《のぞ》むところです。

「『旅《たび》は道連《みちづ》れ、世《よ》は情《なさ》け』という言葉《ことば》もあるからな」

彼《かれ》がそういうので、ぼくは、

「『袖《そで》摺《す》り合《あ》うも他生《たしょう》の縁《えん》』ってね」と返《かえ》すと、

彼《かれ》は「お？」という眼《め》で、ぼくを見《み》ました。

君《きみ》もなかなかやるね、というような称賛《しょうさん》の目《め》です。

東京君《とうきょうくん》との運命的《うんめいてき》な出会《であ》い

「準備庫《じゅんびこ》でお隣《となり》どうしになったのも何《なに》かの縁《えん》だよ。この世《よ》での出会《であ》いには偶然《ぐうぜん》の出会《であ》いなんかないんだ。必《かなら》ずそういう運命《うんめい》になっていた運命的《うんめいてき》な出会《であ》いだよ」

ぼくは彼《かれ》に認《みと》められたのが嬉《うれ》しくて、言葉《ことば》にも思《おも》わず力《ちから》がこもりました。

それからしばらく、上昇《じょうしょう》することに専念《せんねん》していたのですが、ぼくはさらに彼《かれ》に「学《がく》」のあるところを見《み》せたくて、話《はな》しかけました。

「ね、君《きみ》、世界《せかい》で初《はじ》めて気球《ききゅう》を飛《と》ばしたのは、どこの国《くに》の人《ひと》か知《し》っている？」

「いや、知《し》らないな。飛行機《ひこうき》で初《はじ》めて飛《と》んだのは、アメリカのライト兄弟《きょうだい》だろ」

「こっちも兄弟《きょうだい》だけどね、フランスの製紙業者《せいしぎょうしゃ》の息子《むすこ》たちなんだ。自分《じぶん》の家《いえ》にある丈夫《じょうぶ》な紙《かみ》で気球《ききゅう》を作《つく》り、開口部《かいこうぶ》の下《した》で藁《わら》を燃《も》やして、中《なか》の空気《くうき》を温《あたた》めたんだ。中《なか》の空気《くうき》が九十度《ど》近《ちか》くになると、気球《ききゅう》は上昇《じょうしょう》し始《はじ》め、かなり高《たか》くまで上《あ》がって、約《やく》十分間《ぶんかん》飛《と》び、二キロくらい離《はな》れたところまで飛《と》んだそうだよ。空気《くうき》は温《あたた》められると膨張《ぼうちょう》して軽《かる》くなるだろう。だから飛《と》べるんだ。熱気球《ねつききゅう》の始《はじ》まりだ。一七八三年《ねん》の六月《がつ》のことだけど。その年《とし》の秋《あき》には、もう人《ひと》を乗《の》せた気球《ききゅう》が、二十五分間《ふんかん》も飛《と》んでいるんだ」

「よくそんなことを知《し》っているね」

東京君《とうきょうくん》は驚《おどろ》いて目《め》を丸《まる》くしていました。

いいえ、丸《まる》くなっているのは目《め》ではありません。彼《かれ》の体《からだ》です。もう大分上昇《だいぶじょうしょう》して高度《こうど》が高《たか》くなっていますから、外《そと》から加《くわ》わる圧力《あつりょく》が弱《よわ》くなり、ぼくたちの体《からだ》は自由《じゆう》にふくらむことができ、お化《ば》けクラゲのようだった体《からだ》は、いつの間《ま》にかまん丸《まる》い球《きゅう》になっていました。

「ぼくを貼《は》ってくれた女学生《じょがくせい》の受《う》け売《う》りなんだけどね」

ぼくにはちょっと、オタク人間《にんげん》のようなところがあるようです。自分《じぶん》の興味《きょうみ》のあることや、大事《だいじ》だと思《おも》うことになると、つい夢中《むちゅう》になって、おしゃべりしてしまうのです。

「そのうち空気《くうき》より軽《かる》い水素《すいそ》ガスを使《つか》うことを思《おも》いつく人《ひと》もいて、ナポレオンの頃《ころ》にはもう軍事用《ぐんじよう》として使《つか》われていたそうだ。水素《すいそ》ガスを使《つか》った気球《ききゅう》のゴンドラに、兵士《へいし》が乗《の》り、高《たか》いところから敵状《てきじょう》を偵察《ていさつ》し、紙《かみ》に書《か》いて、おもりをつけた筒《つつ》に入《い》れて落《お》としていたんだ。日本《にほん》でも早《はや》くから『気球隊《ききゅうたい》』という部隊《ぶたい》があって、主《おも》に偵察《ていさつ》に使《つか》われていたらしいよ」

ぼくの話《はなし》は続《つづ》きます。

「それから一八七八年《ねん》のパリ万博《ばんぱく》では、五十人乗《にんの》りの大《おお》きな気球《ききゅう》が大人気《だいにんき》だったそうだ。述《の》べ三万《まん》五千人《せんにん》を乗《の》せて、空《そら》から地上見物《ちじょうけんぶつ》をさせたらしいよ」

節《せっ》ちゃんが教《おし》えてくれたことですから、ぼくは嬉《うれ》しくなり、知《し》っている限《かぎ》りのことを、あれこれ話《はな》しました。

東京君《とうきょうくん》には迷惑《めいわく》だったかもしれませんが、彼《かれ》は熱心《ねっしん》に聞《き》いてくれました。

ぼくたちはかなり上空《じょうくう》まで来《き》ていて、地上《ちじょう》の景色《けしき》はもうはるか彼方《かなた》になってしまいました。

ここまで来《く》ると気流《きりゅう》も安定《あんてい》し、上昇《じょうしょう》のスピードも増《ま》していくようです。快適《かいてき》な飛行《ひこう》です。まわりは平和《へいわ》そのものです。広《ひろ》いひろい大空《おおぞら》がどこまでも続《つづ》いています。

地上《ちじょう》から遠《とお》く離《はな》れたこんなところを飛《と》んでいると、狭《せま》い地球上《ちきゅうじょう》での国《くに》と国《くに》の戦争《せんそう》など、ちっぽけなことのように思《おも》えてきます。

自分《じぶん》が爆弾《ばくだん》を抱《かか》えた身《み》であることも、これから人《ひと》を殺《ころ》しに行《い》くことも、つい忘《わす》れてしまいそうになります。

ぼくたちは快適《かいてき》な旅《たび》を続《つづ》けていました。

第《だい》4章《しょう》　太平洋横断《たいへいようおうだん》　八千《せん》キロの飛行《ひこう》

強風《きょうふう》で仲間《なかま》はちりぢりに

「ひゃ！」

「いったい、何《なん》なんだ？　これは」

「助《たす》けて！」

「しっかりしろ」

「がんばれ！　がんばれ！」

ぼくたちは順調《じゅんちょう》に上昇《じょうしょう》していたはずですが、突然《とつぜん》、嵐《あらし》に巻《ま》き込《こ》まれ、大混乱《だいこんらん》におちいり、あちらでもこちらでも悲鳴《ひめい》が上《あ》がりました。

ぼくの体《からだ》も強《つよ》い風《かぜ》に吹《ふ》き飛《と》ばされ、一瞬《いっしゅん》、目《め》の前《まえ》が真《ま》っ暗《くら》になりました。

体勢《たいせい》を立《た》て直《なお》そうとしても、自分《じぶん》の力《ちから》ではどうにもならないのです。

「ええい、どうにでもなれ！　風《かぜ》まかせだ」

ぼくは目《め》を閉《と》じて、いたずらにあがくのをやめました。

自然《しぜん》の力《ちから》に逆《さか》らっても無理《むり》で、なるべく身《み》をまかせて、抵抗《ていこう》を少《すく》なくしたほうがいいときもあるのです。

ぼくは風《かぜ》に吹《ふ》き飛《と》ばされながら、「これが、みんなのいっていた偏西風《へんせいふう》か」と、やっと気《き》づきました。

ぼくたちは高度《こうど》八千《せん》メートルの地点《ちてん》にきたのです。

日本《にほん》の上空《じょうくう》、八千《せん》メートルから一万《まん》二、三千《ぜん》メートルの成層圏《せいそうけん》といわれるところには、冬場《ふゆば》、強《つよ》い西風《にしかぜ》が吹《ふ》いています。

それに乗《の》せて気球《ききゅう》を飛《と》ばし、アメリカ本土《ほんど》を攻撃《こうげき》しようというのが、そもそも風船爆弾《ふうせんばくだん》の始《はじ》まりなんです。

十二月《がつ》、一月《がつ》は、秒速《びょうそく》六十メートル以上《いじょう》、三月《がつ》の平均《へいきん》は五十四メートル、四月《がつ》になると三十四メートルくらいになるといわれ、四月《がつ》のなかば過《す》ぎには風船爆弾《ふうせんばくだん》も飛《と》ばせなくなるといわれていました。

台風《たいふう》と比《くら》べてみてください。

風速《ふうそく》三十メートル以上《いじょう》の台風《たいふう》が来《き》たとしたら、大型台風《おおがたたいふう》といって大騒《おおさわ》ぎになり、人《ひと》が立《た》って歩《ある》けないほどの強《つよ》い風《かぜ》です。

ときたま「最大瞬間風速《さいだいしゅんかんふうそく》五十メートル」などという言葉《ことば》を耳《みみ》にしますが、それは一瞬《いっしゅん》だけ五十メートルの風《かぜ》が吹《ふ》いたということで、いつも強《つよ》い風《かぜ》が吹《ふ》いているわけではありません。

「そもそも偏西風《へんせいふう》に乗《の》せて気球《ききゅう》を飛《と》ばすなんて、無理《むり》なんだ」

ぼくは固《かた》く目《め》をつむったまま、風《かぜ》に飛《と》ばされていました。

しかし、しばらくすると、風《かぜ》のスピードに慣《な》れてきたというか、混乱《こんらん》がおさまりました。

ぼくの体《からだ》も心《こころ》も落《お》ち着《つ》きを取《と》りもどして、楽《らく》になりました。

目《め》を開《あ》けてみると、うまく風《かぜ》のスピードに乗《の》って、いつの間《ま》にか気球《ききゅう》らしい元《もと》の姿《すがた》にもどっていました。

息苦《いきぐる》しくもなく、目《め》を回《まわ》すようなこともないのです。

時速《じそく》二百《ひゃく》キロを秒速《びょうそく》になおすと五十五・六メートルですが、その速《はや》さで走《はし》る新幹線《しんかんせん》に乗《の》っている人《ひと》が、スピードなど気《き》にしないで、平気《へいき》でふだんどおりしゃべったり、居眠《いねむ》りしたり、お弁当《べんとう》を食《た》べているのと同《おな》じように、ぼくもふだんどおりの自分《じぶん》にもどっていました。

これまで垂直《すいちょく》に上昇《じょうしょう》していたのが、水平飛行《すいへいひこう》に変《か》わっているだけです。風《かぜ》のスピードに乗《の》って、けっこうすいすい飛《と》んでいます。自分《じぶん》では何《なに》もしなくてもいいので、楽《らく》なものです。


しかし、ぼくは一人《ひとり》ぼっちでした。

あの風《かぜ》で仲間《なかま》たちは、広《ひろ》い大空《おおぞら》にちりぢりばらばらに、飛《と》ばされてしまったようです。

ずっと遠《とお》くの空《そら》のかなたに、ピンポン玉《だま》くらいの気球《ききゅう》が見《み》えますが、あそこまで追《お》っかけて行《い》くのは大変《たいへん》でしょう。

同《おな》じ基地《きち》から打《う》ち上《あ》げられて、ぼくたちはひとかたまりになって、仲良《なかよ》く上昇《じょうしょう》していたのです。

手《て》をつなぐことはできませんが、声《こえ》をかければ届《とど》くところに大勢《おおぜい》の仲間《なかま》がいました。話《はな》したのは東京君《とうきょうくん》とだけでしたが、彼《かれ》らの存在《そんざい》がどれほど心強《こころづよ》かったことか。

そして、その東京君《とうきょうくん》の姿《すがた》さえ見《み》えないのです。

どこへ行《い》ってしまったのでしょう。

ぼくはアメリカ本土《ほんど》までの八千《せん》キロメートルもの長《なが》い旅《たび》を、話《はな》し相手《あいて》も、助《たす》け合《あ》う相手《あいて》もなく、たった一人《ひとり》で飛《と》んで行《い》かないといけないのです。

海《うみ》に落《お》っこちないで、無事《ぶじ》に到着《とうちゃく》したとしても、爆弾《ばくだん》を落《お》としたあと、自爆《じばく》するようになっているのです。

そういう役目《やくめ》のために作《つく》られているのですから、それはそれでしかたがないとしても、せめてそれまで楽《たの》しい旅《たび》を続《つづ》けたいじゃありませんか。

せっかく東京君《とうきょうくん》といういい友《とも》だちが見《み》つかって喜《よろこ》んでいたのに。もっと彼《かれ》と話《はな》したかった、彼《かれ》の話《はなし》も聞《き》きたかったと残念《ざんねん》です。

ぼくの夢《ゆめ》は「空《そら》からのサンタさん」

ぼくの孤独《こどく》な一人旅《ひとりたび》は続《つづ》きました。

ぼくは白《しろ》いふわふわした雲《くも》をしきつめたような、雲海《うんかい》の上《うえ》を飛《と》んでいるのです。雲《くも》の上《うえ》を歩《ある》くと気持《きも》ちいいだろうなと、歩《ある》いてみたい誘惑《ゆうわく》にかられるのですが、歩《ある》いたりしたら大変《たいへん》。まっさかさまに落《お》ちてしまうでしょう。

雲海《うんかい》の上《うえ》は、ただ奇妙《きみょう》に明《あか》るい空間《くうかん》が、果《は》てしなく広《ひろ》がっているだけです。雲海《うんかい》も最初《さいしょ》に見《み》たときは、きれいだなと感動《かんどう》したのですが、どこまでも、どこまでも続《つづ》いていると、地上《ちじょう》の風景《ふうけい》が見《み》たくなります。

ぼくは最後《さいご》に見《み》た地上《ちじょう》の美《うつく》しい風景《ふうけい》を思《おも》い出《だ》しながら飛《と》び、自分《じぶん》が生《う》まれた時代《じだい》について考《かんが》えました。

ぼくがそんなことを考《かんが》えたのは、もちろんチャコちゃんが「私《わたし》たち、損《そん》な時代《じだい》に生《う》まれたと思《おも》わない？」と話《はな》していたのを思《おも》い出《だ》したからです。

人間《にんげん》も動物《どうぶつ》も、そして植物《しょくぶつ》や物《もの》さえも、自分《じぶん》が生《う》まれる時代《じだい》や環境《かんきょう》を、自分《じぶん》では選《えら》べません。

平和《へいわ》な時代《じだい》に生《う》まれてしあわせに暮《く》らす人《ひと》もいれば、戦争《せんそう》や天変地異《てんぺんちい》の多《おお》い時代《じだい》に生《う》まれて苦労《くろう》する人《ひと》もいます。

環境《かんきょう》だっていろいろです。

大《おお》きな目《め》で見《み》れば公平《こうへい》なのかもしれませんが、一つ一つを取《と》りあげれば、けっこう不公《ふこう》平《へい》です。

たとえばタンポポの種《たね》が風《かぜ》に飛《と》ばされ、新天地《しんてんち》をもとめ、希望《きぼう》にみちて飛《と》んで行《い》きますが、道《みち》ばたの豊《ゆた》かな土壌《どじょう》に落《お》ち、大《おお》きくてきれいな花《はな》を咲《さ》かせ、みんなに美《うつく》しいとほめられる幸運《こううん》な種《たね》もあれば、池《いけ》に落《お》ちて、芽《め》が出《で》ないままに終《お》わる種《たね》もあります。

そこまではいかなくても、ほんの少《すこ》し砂《すな》まじりの土《つち》があるだけの、岩《いわ》の割《わ》れ目《め》に落《お》ちる種《たね》もあります。ギザギザのついた小《ちい》さな葉《は》っぱ一枚《まい》と、ほんの小《ちい》さな花《はな》を咲《さ》かせるだけでせいいっぱいです。

でもみんなそれぞれの場所《ばしょ》で、懸命《けんめい》に生《い》きるしかないのです。

ぼくも自分《じぶん》で望《のぞ》んだわけではありませんが、戦争中《せんそうちゅう》に生《う》まれ、風船爆弾《ふうせんばくだん》という役目《やくめ》を与《あた》えられました。

しかし岩《いわ》の割《わ》れ目《め》に咲《さ》くちっぽけなタンポポの花《はな》が、野原《のはら》を一面《めん》に黄色《きいろ》にそめて咲《さ》く大勢《おおぜい》の仲間《なかま》にまじって咲《さ》いている自分《じぶん》の姿《すがた》を想像《そうぞう》し、楽《たの》しんだり、夢見《ゆめみ》ることは自由《じゆう》です。

それと同《おな》じように、ぼくにも自由《じゆう》に自分《じぶん》の気持《きも》ちをいわせてもらえるとすれば、ぼくはやっぱり平和《へいわ》な時代《じだい》に生《う》まれたかった、そしてだれかに喜《よろこ》んでもらえるようなことをしたかったと思《おも》います。

パリ万博《ばんぱく》の人気者《にんきもの》だった五十人乗《にんの》りの気球《ききゅう》とまではいかなくても、五、六人《にん》、いえ三、四名《めい》ずつでもいい、子供《こども》たちを乗《の》せて、空《そら》からの風景《ふうけい》を見《み》せて上《あ》げることができたら、どんなに楽《たの》しいでしょう。

子供《こども》たちの驚《おどろ》く顔《かお》や、楽《たの》しそうな顔《かお》が目《め》に見《み》えるようです。

それから爆弾《ばくだん》のかわりに、子供《こども》たちの喜《よろこ》びそうなお菓子《かし》や、おもちゃをいっぱい吊《つ》るして飛《と》んで行《い》き、子供《こども》たちの頭上《ずじょう》から降《ふ》らすのもいいかもしれません。

空《そら》からのサンタさんです。

今《いま》の日本《にほん》にはお菓子《かし》もおもちゃもありません。勉強《べんきょう》するのに必要《ひつよう》な鉛筆《えんぴつ》やノートさえないのです。

でも平和《へいわ》な世《よ》の中《なか》になれば、軍艦《ぐんかん》や大砲《たいほう》を作《つく》るお金《かね》で、お菓子《かし》やおもちゃや文房具《ぶんぼうぐ》などいくらでも作《つく》れます。

とにかくぼくは、だれかが喜《よろこ》んでくれるようなことをしたいのです。まわりの人《ひと》を喜《よろこ》ばせ、だれかの役《やく》に立《た》ちたい。

それこそ最高《さいこう》の生《い》き方《かた》だと思《おも》うのです。

ぼくは一人《ひとり》ぼっちのさびしさをまぎらわせるために、そんな空想《くうそう》をふくらませ、爆弾《ばくだん》を吊《つ》るしていることも忘《わす》れて、ぼくを待《ま》っている子供《こども》たちの笑顔《えがお》を思《おも》い浮《う》かべて飛《と》んでいました。

夜《よる》は元気《げんき》がなくなる気球《ききゅう》

どれくらいの時間《じかん》が経《た》ったのでしょう。

みり豆

明《あか》るかった大気《たいき》が、少《すこ》しずつ明《あか》るさを失《うしな》ってきたと思《おも》うと、すぐ夜《よる》になってしまいました。

ぼくは東《ひがし》に向《む》かって飛《と》んでいますから、日本《にほん》にいるときより二時間《じかん》あまり早《はや》く、夜《よる》を迎《むか》えているわけですが、時計《とけい》を持《も》っていないぼくにはそんなことはわかりません。

ぼくは時間《じかん》に逆《さか》らうようなかたちで、時間《じかん》を短縮《たんしゅく》しながら飛《と》んでいるのです。

人間《にんげん》なら時差《じさ》ボケになるかもしれませんが、ぼくはたぶん大丈夫《だいじょうぶ》でしょう。

しかし夜《よる》になると、寒《さむ》くなってきたようです。ぼくは身《み》を縮《ちぢ》めて身《み》ぶるいをしました。

そうです。この高《たか》い空《そら》では、兵隊《へいたい》さんがいっていたように、夜《よる》はマイナス五十度《ど》にもなるのです。

『マイナス五十度《ど》に耐《た》えられる防寒具《ぼうかんぐ》と酸素《さんそ》ボンベを用意《ようい》してくれれば、自分《じぶん》たちが気球《ききゅう》に乗《の》って』といっていました。

人間《にんげん》は温《あたた》かい血《ち》が流《なが》れている温血動物《おんけつどうぶつ》ですから、体温《たいおん》を守《まも》るために防寒具《ぼうかんぐ》が必要《ひつよう》ですが、ぼくらは生《い》き物《もの》ではないから、寒《さむ》さなど平気《へいき》です。

そう思《おも》っていたのですが、どうやらそうではないようです。

ぼくは疲《つか》れたのか元気《げんき》がなくなり、ぐったりしてしまいました。

さっきまでは、楽《たの》しそうな子供《こども》たちの笑顔《えがお》を思《おも》い浮《う》かべ、あんなに張《は》りきっていたというのに。

風邪《かぜ》でもひいたのでしょうか。まさか気球《ききゅう》が風邪《かぜ》をひくなんて。

体中《からだじゅう》から力《ちから》が抜《ぬ》け、なんだか気《き》が遠《とお》くなりそうになっていたとき、「おーい、おーい」と呼《よ》ぶ声《こえ》がしました。

最初《さいしょ》はそら耳《みみ》かと思《おも》っていたのですが、何度《なんど》も呼《よ》ばれて気《き》がついてみると、下《した》から声《こえ》がしていました。

よく見《み》ると、何《なん》とあの東京君《とうきょうくん》です。ぼくより五十メートルくらい下《した》に浮《う》かんでいて、

「おそかったじゃないか」

と、ぼくを見上《みあ》げていました。

夢《ゆめ》ではないかと、ぼくは自分《じぶん》の頰《ほお》っぺたをつねってみたくなりながら、感激《かんげき》していました。

友《とも》だちというのはありがたいものです。

「待《ま》っていてくれたの？」

「偏西風《へんせいふう》に吹《ふ》き飛《と》ばされたとき、君《きみ》の姿《すがた》がちらっと後《うし》ろに見《み》えたから、待《ま》とうと思《おも》ったんだけど、あの風《かぜ》じゃ立《た》ち止《ど》まることもできないよ。もう二度《ど》と君《きみ》に会《あ》えないのかと、さびしかったよ」

東京君《とうきょうくん》もなんだか元気《げんき》がないようです。

声《こえ》もかすれていますし、ぜいぜい息《いき》ぎれがしています。

「ぼくもどんなに心細《こころぼそ》かったか」

「こうして最後《さいご》に、君《きみ》に会《あ》わせてくれた神様《かみさま》に感謝《かんしゃ》しなくちゃ」

「最後《さいご》だなんて、心細《こころぼそ》いことをいうなよ」

「いや、ぼくはもうだめみたい。このまま墜落《ついらく》して、最後《さいご》は太平洋《たいへいよう》にドボンだろうね。どの辺《へん》まで来《き》ているんだろう。ハワイまでも来《き》ていないよね。ああ、ぼくはお兄《にい》さんのかたきを取《と》ってくれという彼女《かのじょ》との約束《やくそく》も果《は》たせないまま、海《うみ》のモクズとなって消《き》えてしまうんだ」

――モクズって、なんだっけ？――

声《こえ》には出《だ》しませんでしたが、ぼくの頭《あたま》の中《なか》に一瞬《いっしゅん》そんな思《おも》いが過《よぎ》りました。

聞《き》いたことがあり、意味《いみ》もわかるのですが、どうしてそういうのかわからなかったのです。

漢字《かんじ》を当《あ》てはめてみて、初《はじ》めて納得《なっとく》しました。

「藻屑《もくず》」、海《うみ》に生《は》えている藻《も》の切《き》れはし、ごみのようなものとして消《き》えて行《い》くということです。

でも、それって、海《うみ》で亡《な》くなった人《ひと》に、失礼《しつれい》ないいかたじゃないか。

ぼくたちの場合《ばあい》は、海《うみ》の水《みず》につかっているうちに、こんにゃく糊《のり》や、コウゾの繊維《せんい》を粘着《ねんちゃく》させているトロロアオイの根《ね》の成分《せいぶん》がとけて、コウゾクズになって消《き》えて行《い》くのでしょうが、そんなことにはなりたくありません。

「砂袋《すなぶくろ》が救《すく》ってくれるよ」

「大丈夫《だいじょうぶ》、大丈夫《だいじょうぶ》だよ」

ぼくの体《からだ》も彼《かれ》につられるように、落下《らっか》して行《い》きます。何《なに》が大丈夫《だいじょうぶ》なのかわかりませんが、落下《らっか》しながら、彼《かれ》を励《はげ》ましているうちに、ぼくは思《おも》い出《だ》したんです。

「砂袋《すなぶくろ》が君《きみ》を救《すく》ってくれるよ。そのためにぼくたちの体《からだ》には、高度保持装置《こうどほじそうち》が取《と》りつけられ、砂袋《すなぶくろ》が吊《つ》るしてあるんだ」

零下《れいか》五十度《ど》になっても、ぼくたちは大丈夫《だいじょうぶ》だと思《おも》っていましたが、外気《がいき》の温度《おんど》が下《さ》がると、気球内《ききゅうない》の温度《おんど》も零度《れいど》くらいに下《さ》がり、気球《ききゅう》をふくらませ、浮力《ふりょく》をつけている水素《すいそ》ガスが収縮《しゅうしゅく》して、気球《ききゅう》がしぼみ浮力《ふりょく》が弱《よわ》くなるのです。

そして落下《らっか》して下《した》へ行《い》けば行《い》くほど、気球《ききゅう》を取《と》りまく空気《くうき》の密度《みつど》が濃《こ》くなり圧力《あつりょく》が増《ま》して、気球《ききゅう》はますますしぼみ落下《らっか》します。

そういう悪循環《あくじゅんかん》をくりかえし、そのままにしておくと、ついには墜落《ついらく》して、東京君《とうきょうくん》のいうとおり海《うみ》のモクズ、ぼくらの場合《ばあい》はコウゾクズとなって消《き》えるのです。

それを防《ふせ》ぐために考《かんが》え出《だ》されたのが、砂袋《すなぶくろ》です。

ある一定《いってい》の高度《こうど》、ここでは九千《せん》メートルですが、それより下《した》に下《さ》がると、高度保持装置《こうどほじそうち》のスイッチが入《はい》って、下部《かぶ》の砂袋《すなぶくろ》の爆発栓《ばくはつせん》を爆破《ばくは》させ、砂袋《すなぶくろ》を切《き》り離《はな》して落《お》とし、身軽《みがる》になって浮上《ふじょう》するのです。

一個落《こお》としただけでは浮上《ふじょう》しない場合《ばあい》は、三分後《ぷんご》にまた一個落《こお》とすようになっています。

「君《きみ》のいう通《とお》りだったよ。砂袋《すなぶくろ》を落《お》とすと軽《かる》くなって、元気《げんき》が出《で》てきたみたいだ。君《きみ》も早《はや》く上《あ》がってこいよ」

降下《こうか》するぼくとすれちがいにそういって、東京君《とうきょうくん》は上昇《じょうしょう》して行《い》きました。

ぼくもそのすぐあとを追《お》うように、砂袋《すなぶくろ》を落《お》として上昇《じょうしょう》に移《うつ》りました。

夜《よる》の間《あいだ》はこれを何回《なんかい》かくりかえして、忙《いそが》しいのです。

水平飛行《すいへいひこう》ではなくて、地上《ちじょう》八千《せん》メートルから一万《まん》三千《ぜん》メートルの間《あいだ》を、下降《かこう》したり上昇《じょうしょう》したり、ジグザグに飛《と》びながら偏西風《へんせいふう》に乗《の》って、なおもアメリカへ向《む》かうのです。

だから並《なら》んで飛《と》ぶわけにはいきませんが、話《はなし》ができるくらいの距離《きょり》にいました。

「一人《ひとり》ぼっちで飛《と》んでいた間《あいだ》、君《きみ》はどんなことを考《かんが》えていたんだい」

東京君《とうきょうくん》に聞《き》かれて、ぼくは困《こま》って、

「そりゃ、いろいろとね」

と、ごまかしました。

自分《じぶん》の任務《にんむ》も忘《わす》れて、子供《こども》たちを乗《の》せて喜《よろこ》ばせたいとか、子供《こども》たちにお菓子《かし》やおもちゃを届《とど》けたいと、夢《ゆめ》のようなことを考《かんが》えていたなんて、東京君《とうきょうくん》にいえるはずはありません。

うらぎり者《もの》、ひきょう者《もの》と思《おも》われたくありません。

彼《かれ》は美代子《みよこ》さんのお兄《にい》さんのかたきを取《と》るために、「石《いし》にかじりついてもアメリカまで」といっていたのです。

「ぼくはずっと手紙《てがみ》の彼女《かのじょ》のことを考《かんが》えていたよ。どうか無事《ぶじ》であってくれと祈《いの》り続《つづ》けていたんだ。彼女《かのじょ》がもし空襲《くうしゅう》でやられていたりすると、ぼくがアメリカまで飛《と》んで行《い》く意味《いみ》がなくなるからな」

やっぱり東京君《とうきょうくん》は、彼女《かのじょ》のことを心配《しんぱい》していたのです。

「彼女《かのじょ》は無事《ぶじ》に決《き》まっているよ。若《わか》いんだから、逃《に》げおくれたりしないよ」

「そうであってほしいけどね」

その間《あいだ》にも、ぼくたちの体《からだ》はまた下降《かこう》し始《はじ》めて、砂袋《すなぶくろ》を落《お》としては上《あ》がってくるのです。

東京君《とうきょうくん》が美代子《みよこ》さんのことを心配《しんぱい》する気持《きも》ちはよくわかりますが、何《なん》とかして元気《げんき》づけようと、ぼくは話題《わだい》を変《か》えることにしました。

「ね、君《きみ》、君《きみ》のことを『東京君《とうきょうくん》』と呼《よ》んでいい？　お互《たが》いに名前《なまえ》がないと不便《ふべん》だろ？」

「いいよ。だけどぼくが気球《ききゅう》に貼《は》りあわされたのは、東京《とうきょう》の国際劇場《こくさいげきじょう》でだが、ぼくの体《からだ》を作《つく》っている気球紙《ききゅうし》は、大阪《おおさか》の造兵廠《ぞうへいしょう》で作《つく》られたんだ。陸軍《りくぐん》の兵器《へいき》を作《つく》っているとてつもない大《おお》きい工場《こうじょう》だよ。ぼくたちはその造兵廠《ぞうへいしょう》が管理《かんり》している民間《みんかん》の会社《かいしゃ》だったけど、そこへは大阪《おおさか》だけでなく、関西《かんさい》、中国地方《ちゅうごくちほう》、四国《しこく》などの女学生《じょがくせい》が動員《どういん》されて来《き》ていたんだ。そして日本全国《にほんぜんこく》の生産地《せいさんち》で作《つく》られた和紙《わし》が、送《おく》られて来《き》ていたんだ。だからぼく自身《じしん》も、自分《じぶん》がどこの出身《しゅっしん》かよくわからないんだ」

「すごいな」

ぼくはただただ驚《おどろ》くばかりでした。

「君《きみ》はどこの出身《しゅっしん》？　何《なん》て呼《よ》べばいいんだい」

「ぼくは『井《い》の中《なか》の蛙《かわず》』さ」

節《せつ》ちゃんがいつかチャコちゃんとの話《はなし》の中《なか》でいっていたんです。「私《わたし》たちは井《い》の中《なか》の蛙《かわず》だから」って。

「いのなかのかわずって、何《なん》だい？」

東京君《とうきょうくん》はけげんそうな顔《かお》をしています。

「井戸《いど》の中《なか》の蛙《かえる》だよ。井戸《いど》の中《なか》の蛙《かえる》は、外《そと》へ一度《いちど》も出《で》たことがないので、外《そと》の世界《せかい》のことは知《し》らないんだ。要《よう》するに世間知《せけんし》らずのことだよ。ぼくたちは小《ちい》さな町《まち》の女学校《じょがっこう》で、コウゾの皮《かわ》はぎから始《はじ》まって、気球紙作《ききゅうしづく》り、気球貼《ききゅうは》りと、全工程《ぜんこうてい》を、同《おな》じ学校《がっこう》の生徒《せいと》たちがしていたんだ。まわりを丘陵《きゅうりょう》にかこまれた、静《しず》かないい町《まち》だったけどな」

「いいなあ、君《きみ》のように故郷《こきょう》を持《も》っているものがうらやましいよ。井《い》の中《なか》の蛙《かわず》なんて、謙遜《けんそん》のしすぎだよ」

「小《ちい》さな町《まち》の生《う》まれだけど、名前《なまえ》はあるんだ。『ほくと』なんだ。ほくと君《くん》と呼《よ》んでくれ」

「ほくとって、あの北斗七星《ほくとしちせい》の北斗《ほくと》か」

「そうなんだ。ひしゃくのかたちをした北斗七星《ほくとしちせい》は見《み》つけやすいし、北極星《ほっきょくせい》をさがす目印《めじるし》にもなるから、大昔《おおむかし》から航海《こうかい》する人《ひと》たちに頼《たよ》りにされていたんだ」

「いい名前《なまえ》だな。それに名前《なまえ》があるなんて珍《めずら》しいよ。ほくと君《くん》、それでその女学校《じょがっこう》に好《す》きな人《ひと》がいたの？」

「いないこともなかったけど。ほくとって名前《なまえ》も彼女《かのじょ》がつけてくれたんだ」

ぼくはもったいぶって答《こた》え、節《せっ》ちゃんのことを少《すこ》し話《はな》しました。

「恋《こい》する風船爆弾《ふうせんばくだん》か。お芝居《しばい》のいいタイトルになりそうだな」

「君《きみ》こそ『彼女《かのじょ》の面影《おもかげ》を抱《いだ》いて飛《と》んでいけるなんて、ぼくはしあわせだな』なんて準備庫《じゅんびこ》で大声《おおごえ》でいっていたじゃないか」

そんなたわいもない話《はなし》に興《きょう》じながら、ぼくたちは一晩中《ばんじゅう》、元気《げんき》を失《うしな》って下降《かこう》し、砂袋《すなぶくろ》を落《お》としては浮《う》かび上《あ》がりながら過《す》ごしました。

第《だい》5章《しょう》 苦《く》労《ろう》をともにして深《ふか》まる友情《ゆうじょう》

悩《なや》んでいたのはぼくだけではない

東京君《とうきょうくん》が、彼自身《かれじしん》のことをいろいろ話《はな》してくれたのは、翌日《よくじつ》になってのことです。朝《あさ》になって日《ひ》が上《のぼ》ると、気温《きおん》も上《あ》がり、ぼくたちの体《からだ》の中《なか》の水素《すいそ》ガスも膨張《ぼうちょう》し、ぼくたちは気力充実《きりょくじゅうじつ》、元気《げんき》になって順調《じゅんちょう》に飛《と》び始《はじ》めました。

ふたり並《なら》んでの安定飛行《あんていひこう》です。

昨夜《さくや》、ぼくたちは協力《きょうりょく》して、最初《さいしょ》の、最大《さいだい》の難関《なんかん》を乗《の》り越《こ》えたおかげで、お互《たが》いに固《かた》い友情《ゆうじょう》で結《むす》ばれていました。

「難関《なんかん》だって？　楽《たの》しそうに話《はな》していたじゃないか」

そう思《おも》うかもしれませんが、気球《ききゅう》がしぼんで落下《らっか》して行《い》くときの不安《ふあん》や恐怖《きょうふ》を、考《かんが》えてみてください。

たしかに高度《こうど》が下《さ》がってくると高度保持装置《こうどほじそうち》のスイッチが入《はい》って、砂袋《すなぶくろ》を吊《つ》るしてある下部《かぶ》の爆発栓《ばくはっせん》が発火《はっか》し、砂袋《すなぶくろ》を落《お》とし、同時《どうじ》に導火線《どうかせん》に点火《てんか》、導火線《どうかせん》が燃《も》えていき、上部《じょうぶ》の爆発栓《ばくはっせん》を発火《はっか》させ、次《つぎ》の砂袋《すなぶくろ》を落《お》とすように準備《じゅんび》する。それらのすべてのことが、自動的《じどうてき》に行《おこな》われる仕組《しく》みになっています。

でも、もしスイッチが入《はい》っても爆発栓《ばくはっせん》、爆薬《ばくやく》をつめた栓《せん》のことでしょうが、それが発火《はっか》しなくて、砂袋《すなぶくろ》が切《き》り離《はな》せなくて、落《お》とせなかったら？

一回目《かいめ》、二回目《かいめ》がうまくいっても、導火線《どうかせん》の火《ひ》が消《き》えて、次《つぎ》の砂袋《すなぶくろ》が用意《ようい》されていなかったら？

うまくいくほうが奇跡《きせき》みたいなものです。

いつ故障《こしょう》が起《お》こるか。

そもそも電池《でんち》自体《じたい》が低温《ていおん》に弱《よわ》いのです。低温《ていおん》でも性能《せいのう》を低下《ていか》させないような電池《でんち》を開発《かいはつ》したということですが、電池《でんち》がうまく作動《さどう》しなくなることもあります。どんなに科学《かがく》技術《ぎじゅつ》が進歩《しんぽ》しても、絶対安全《ぜったいあんぜん》などということはありえないのです。だから気球《ききゅう》が落下《らっか》し始《はじ》めるたび、これが最後《さいご》かもしれないという不安《ふあん》におそわれます。その不安《ふあん》をまぎらわせるために、たあいもない話《はなし》に興《きょう》じ、平気《へいき》をよそおっていたのです。東京君《とうきょうくん》という道連《みちづ》れがいたおかげで、どんなに心強《こころづよ》かったことか。もしぼくが海《うみ》に墜落《ついらく》するようなことになっても、それを知《し》っていてくれる仲間《なかま》がいるのです。ひとりぼっちで死《し》ぬのはいやです。ぼく一人《ひとり》で一晩中《ばんじゅう》あんな不安《ふあん》にさらされていたら、どうなっていたことか。彼《かれ》がいてくれたからこそ助《たす》かったのです。苦労《くろう》をともにしてこそ真《しん》の友情《ゆうじょう》は深《ふか》まるのです。ぼくにとっていまや東京君《とうきょうくん》は、かけがえのない親友《しんゆう》になっていました。彼《かれ》のほうもそう思《おも》ってくれたのかもしれません。東京君《とうきょうくん》は並《なら》んで飛《と》びながら、打《う》ちあけ話《ばなし》をするときの、あのしみじみとした口調《くちょう》で話《はな》し始《はじ》めました。

「ぼくはもともと風船爆弾《ふうせんばくだん》の効果《こうか》には、疑問《ぎもん》をいだいていたんだ。ぼくたちが飛《と》んで行《い》って爆弾《ばくだん》や焼夷弾《しょういだん》を落《お》としたところで、山火事《やまかじ》が起《お》こるくらいで、アメリカはびくともしないよ」

「え？　そうなの？」

風船爆弾《ふうせんばくだん》の中《なか》にも、そんなことを考《かんが》える者《もの》がいるのかと、ぼくはびっくりしました。

「地図《ちず》を見《み》てもわかるように、アメリカはとてつもなく広《ひろ》いんだよ。西部劇《せいぶげき》に出《で》てくるような砂漠《さばく》や岩山《いわやま》や牧場《ぼくじょう》に、爆弾《ばくだん》の一つや二つ落《お》としてもなんということはないし、山火事《やまかじ》だって落雷《らくらい》でしょっちゅう起《お》こっている。乾燥《かんそう》している夏《なつ》ならともかく、冬場《ふゆば》はそんなに燃《も》え広《ひろ》がらないと思《おも》うよ。ニューヨークを攻撃《こうげき》したとしても、石《いし》とコンクリートの街《まち》だろ。そりゃ風船爆弾《ふうせんばくだん》が何百《なんびゃく》か飛《と》んで行《い》っていっせいに爆弾《ばくだん》を落《お》とすと、びっくりするかもしれないけど、一つか二つ爆弾《ばくだん》を落《お》としてもたいしたことないよ。郊外《こうがい》の住宅地《じゅうたくち》だって、日本《にほん》のように狭《せま》いところに家《いえ》がひしめきあっているのとはちがうから、隣《となり》に燃《も》えうつる前《まえ》に消《け》してしまえる」

「いわれてみるとたしかにそうかもしれないけれど、君《きみ》って相当《そうとう》な悲観主義者《ひかんしゅぎしゃ》なんだね」

「悲観主義者《ひかんしゅぎしゃ》というのではなく、ひねくれ者《もの》なんだろうね。みんながこうだというと、その反対《はんたい》のことを考《かんが》えたくなるんだ」

「最初《さいしょ》に会《あ》ったとき、『どこの世界《せかい》にも、ひねくれ者《もの》がいる』なんていっていたけど、あれは自分《じぶん》のことをいっていたのか」

「そうなんだ。附和雷同《ふわらいどう》したくないんだ」

東京君《とうきょうくん》は難《むずか》しい言葉《ことば》を使《つか》いました。

「附和雷同《ふわらいどう》って、『自分《じぶん》にしっかりした考《かんが》えがなく、むやみに他人《たにん》の意見《いけん》に同調《どうちょう》すること』だね」

「その通《とお》り」

「言葉《ことば》の意味《いみ》は知《し》っていたけど、自分《じぶん》にしっかりした考《かんが》えがあるかというと、あまり自信《じしん》がないな」

ぼくは正直《しょうじき》な気持《きも》ちをいいました。

「みんながアメリカをやっつけろというので、ぼくもその気《き》になっていただけかもしれないな」

「そうなんだ。今度《こんど》の戦争《せんそう》だって、中国《ちゅうごく》との戦争《せんそう》が泥沼化《どろぬまか》して、いつまでも終《お》わらない責任《せきにん》を、ほかに押《お》しつけるために、中国《ちゅうごく》を援助《えんじょ》しているアメリカがけしからん。このままでは日本《にほん》はじり貧《ひん》になる。アメリカをやっつけろという一部《ぶ》の声《こえ》に、みんなが附和雷同《ふわらいどう》したから起《お》こったんだ。そして今度《こんど》は風船爆弾《ふうせんばくだん》で、一挙《いっきょ》にばんかいできるようにいい、みんなも風船爆弾《ふうせんばくだん》でアメリカをやっつけろ、と喜《よろこ》び勇《いさ》んでいたけど、ぼくはどうしても同調《どうちょう》できなかったんだ。無駄《むだ》なことのために、どうしてアメリカまで飛《と》んで行《い》って爆弾《ばくだん》を落《お》とし、最後《さいご》は自爆《じばく》しなければならないんだと、ずっと悩《なや》んでいたんだ」

ぼくは目《め》からウロコでした。

自分《じぶん》の任務《にんむ》についてぼくが悩《なや》んでいたのは、節《せっ》ちゃんの影響《えいきょう》ですが、彼《かれ》は自分《じぶん》で考《かんが》えて悩《なや》んでいたのです。

「すごいな」

「いや、弱虫《よわむし》で、命《いのち》が惜《お》しかっただけかもしれないけど。だけど、命《いのち》が惜《お》しいのはあたりまえのことで、だれでもそうだろ。そのあたりまえのことがいえないなんて、やはりおかしいと思《おも》うんだ」

東京君《とうきょうくん》はそういうと、ぼくのほうを向《む》いて明《あか》るい笑顔《えがお》を見《み》せました。

「でも安心《あんしん》してくれ。今《いま》はもう悩《なや》んでいない。死《し》ぬ理由《りゆう》が見《み》つかったんだ」

どういう意味《いみ》かわからなくて、ぼくは彼《かれ》の顔《かお》をまじまじと見《み》つめたのですが、言葉《ことば》にはなりませんでした。

「ぼくは、ぼくに手紙《てがみ》を書《か》いてくれた彼女《かのじょ》のために死《し》ぬんだ」

「彼女《かのじょ》のお兄《にい》さんのかたきを取《と》るためだよね」

「かたきは取《と》れなくても、彼女《かのじょ》を守《まも》るために死《し》ぬんだと決心《けっしん》したんだ。特攻隊《とっこうたい》の兵隊《へいたい》さんたちだって、ずいぶん悩《なや》んだと思《おも》うよ。自分《じぶん》がなぜ敵《てき》の艦船《かんせん》に体当《たいあ》たりして、死《し》ななければならないのかと。こんなことというのは悪《わる》いけど、そりゃ相手《あいて》に恐怖《きょうふ》は与《あた》えるだろうが、命中率《めいちゅうりつ》も低《ひく》いし、命中《めいちゅう》したとしても簡単《かんたん》に轟沈《ごうちん》したり、大破《たいは》できるわけでもないのに。だから自分《じぶん》の愛《あい》する人《ひと》や、愛《あい》する家族《かぞく》を守《まも》るために死《し》ぬんだと考《かんが》えて、自分《じぶん》を納得《なっとく》させたんだと思《おも》うよ。それと同《おな》じさ」

東京君《とうきょうくん》はそこでちょっと言葉《ことば》をきり、しばらくしてからまた話《はな》し始《はじ》めました。

「だから昨日《きのう》一日《にち》、彼女《かのじょ》が空襲《くうしゅう》から逃《のが》れて無事《ぶじ》であってくれと、そればかり考《かんが》えていたんだ。そうでないとぼくの死《し》ぬ理由《りゆう》がなくなるからな。でももうそれもいいんだ。彼女《かのじょ》がどうであれ、ぼくは彼女《かのじょ》のために死《し》ぬんだ」

相当無理《そうとうむり》しているなと思《おも》ったのですが、ぼくは、

「そうだね。君《きみ》のように決心《けっしん》のつけられるものはしあわせだよ」

といっただけでした。

みんなそれぞれの思《おも》いを抱《いだ》いて

それからお互《たが》いに、それぞれの思《おも》いにふけりながら、しばらく黙《だま》って飛《と》び続《つづ》けました。

しかし今度《こんど》は、ぼくが話《はな》す番《ばん》です。

うまく話《はな》せるかどうかわかりませんが、ぼくはぼくの悩《なや》みを、東京君《とうきょうくん》に聞《き》いてもらいたくなりました。

「君《きみ》のような立派《りっぱ》な悩《なや》みじゃないけど、ぼくも悩《なや》んでいたんだ」

ぼくは『もうだれの命《いのち》も奪《うば》ってほしくないのよ』と泣《な》いた節《せっ》ちゃんの話《はなし》をしました。そんなことだれにでも話《はな》せることではありませんが、東京君《とうきょうくん》ならわかってくれると思《おも》ったのです。

「そうか。同《おな》じようにお兄《にい》さんが戦死《せんし》しても、一方《いっぽう》は『兄《あに》のかたきを取《と》ってください』で、もう一方《いっぽう》は『もうだれの命《いのち》も奪《うば》ってほしくないのよ』か」

「彼女《かのじょ》はお兄《にい》さんと二人《ふたり》きりの兄弟《きょうだい》で、とても仲《なか》がよかったんだ」

ぼくは節《せっ》ちゃんのために、あわてて弁解《べんかい》しました。

「わかっているよ。ぼくに手紙《てがみ》をくれた彼女《かのじょ》にしても、お兄《にい》さんのかたきを取《と》っても何《なん》のなぐさめにもならないことは知《し》っているよ。しかし、君《きみ》がずっと悩《なや》んでいたなんて知《し》らなかったよ。それで、どうすることに決《き》めたんだい」

「ぼくにできるのはただ祈《いの》ることだよ。ぼくにもし使命《しめい》があるのなら、それを果《は》たさせてくださいって」

「祈《いの》りか、奥《おく》が深《ふか》いんだな」

「君《きみ》こそ」

ぼくはそういい、続《つづ》けました。

「これも節《せつ》ちゃんの受《う》け売《う》りなんだけど、海《うみ》に浮《う》かんでいる氷山《ひょうざん》を知《し》っているだろ。あの氷山《ひょうざん》は海《うみ》の上《うえ》に姿《すがた》を見《み》せているのは、全体《ぜんたい》の一割《わり》で、あとの九割《わり》は海《うみ》の中《なか》だそうだよ。ぼくらは友《とも》だちでも仲間《なかま》でも、眼《め》に見《み》える一割《わり》だけを見《み》て、判断《はんだん》しているだけかもしれない。だけど、ほんとうはみんな奥深《おくぶか》いものを持《も》っているんだ」

ぼくは今《いま》、そんな気《き》がし始《はじ》めていました。

「そうかもしれないね」

「いっしょに飛《と》んでいた仲間《なかま》だって、ちょっと見《み》には、みんな同《おな》じように見《み》えたけど、それぞれ豊《ゆた》かな個性《こせい》があって、いろいろな思《おも》いや、悩《なや》みを抱《かか》えて飛《と》んでいるんじゃないかと」

「みんな附和雷同《ふわらいどう》して、何《なに》も知《し》らないくせに、喜《よろこ》び勇《いさ》んで飛《と》んでいるとばかり思《おも》っていたけど、そうじゃないのかもしれないな。もっといろいろなやつと話《はな》したかったな。そうすればみんな君《きみ》のようにいいやつで、おもしろい話《はなし》をたくさん聞《き》けたかもしれないのに」

「それにしても、みんなどうしたんだろう。ちっとも姿《すがた》を見《み》せないな」

「いや、ときどきピンポン玉《だま》くらいの気球《ききゅう》が、空《そら》の遠《とお》くのほうを飛《と》んでいるのを見《み》かけるときがあるよ」

ぼくは無性《むしょう》に、彼《かれ》らがなつかしくなっていました。

「元気《げんき》でいてくれるといいけど」

「彼《かれ》らも夜《よる》になると、しぼんで落下《らっか》して行《い》くあの不安《ふあん》や、恐怖《きょうふ》を味《あじ》わっているのだろうか」

「ぼくらのように、励《はげ》ましあう友《とも》だちがいるといいけどな」

三つの放流基地《ほうりゅうきち》からこの二、三日《にち》のうちに、打《う》ち上《あ》げられた風船爆弾《ふうせんばくだん》は、おそらく百個《ひゃっこ》を越《こ》えるでしょう。

墜落《ついらく》した者《もの》もいるでしょうが、おおかたはこの広《ひろ》い大空《おおぞら》のどこかを、アメリカ本土《ほんど》を目《め》ざして飛《と》んでいるのです。

しかし二、三日後《にちご》には、ぼくや東京君《とうきょうくん》をふくめてみんな、この世《よ》から消《き》えて行《い》くのです。

そう思《おも》うとぼくは、さびしくてたまらなくなりました。

ぼくはまだ見《み》たこともない、話《はな》したこともない仲間《なかま》の一球《きゅう》、一球《きゅう》のために祈《いの》りたくなっていました。

みんなの死《し》を無駄《むだ》にしないでください。ぼくはそう祈《いの》っていました。

といってそれが日本《にほん》のためでもなく、ましてやアメリカのためでもありません。

そんな小《ち》さなことを超越《ちょうえつ》した祈《いの》りのような気《き》がしますが、それがなんであるか、そのときのぼくにはまだわかりませんでした。

東京君《とうきょうくん》も何《なに》やら自分《じぶん》だけの思《おも》いにふけっているようで、口数《くちかず》が少《すく》なくなりました。

ぼくたちはそれぞれの思《おも》いにふけりながら、並《なら》んで飛《と》んで行《い》きました。

ぼくはいつか節《せっ》ちゃんが、積《つ》み上《あ》げた気球紙《ききゅうし》に背《せ》をもたせて歌《うた》っていた歌《うた》を思《おも》い出《だ》しました。

月《つき》の砂漠《さばく》を　はるばると
旅《たび》のらくだが　行《ゆ》きました
金《きん》と銀《ぎん》との　くら置《お》いて

二つならんで　行《ゆ》きました

（作詞《さくし》　加藤《かとう》まさを　作曲《さっきょく》　佐々木《ささき》すぐる）

その哀調《あいちょう》をおびたメロディーが、今《いま》もぼくの心《こころ》にひびいています。ここは砂漠《さばく》ではありませんが、ただ奇妙《きみょう》に明《あか》るい砂漠《さばく》のような単調《たんちょう》な風景《ふうけい》が、どこまでも続《つづ》いているだけです。

ぼくらは王子《おうじ》さまやお姫《ひめ》さまではありませんが、二つ並《なら》んで風《かぜ》に吹《ふ》き飛《と》ばされて行《い》っているのです。

砂袋《すなぶくろ》がなくなれば、自動的《じどうてき》に自爆《じばく》

また夜《よる》がやって来《き》ました。

広《ひろ》い砂漠《さばく》を　ひとすじに

二人《ふたり》はどこへ　行《ゆ》くのでしょう

ぼくの頭《あたま》の中《なか》には、昼間《ひるま》のあのメロディーが流《なが》れていました。音楽《おんがく》がぼくたちの心《こころ》をどれほどいやしてくれるか、初《はじ》めて知《し》りました。これまで聞《き》いてきたのは軍歌《ぐんか》ばかりでしたので、よけいそう思《おも》うのかもしれません。

昨夜《さくや》で経験《けいけん》ずみですから、気球《ききゅう》がしぼんで落下《らっか》し始《はじ》めてもあわてないで、砂袋《すなぶくろ》を落《お》としてはまた浮上《ふじょう》することをくりかえしていたのですが、昼間《ひるま》しゃべりすぎたせいか、ぼくも東京君《とうきょうくん》も口数《くちかず》が少《すく》なくなっていました。

そんな中《なか》で一度《ど》だけ、東京君《とうきょうくん》が話《はな》しかけてきました。

「君《きみ》、ぼくたちが打《う》ち上《あ》げられて、アメリカ本土《ほんど》に着《つ》くまでにどれくらいかかるんだい」

「兵隊《へいたい》さんたちの話《はなし》では、風速《ふうそく》によってもちがうけど、だいたい五十時間《じかん》から六十時間《じかん》だといっていたよ。今《いま》は真冬《まふゆ》とちがって風《かぜ》が弱《よわ》くなっているから、六十時間近《じかんちか》くかかるんじゃないかな」

「すると明日《あす》の朝《あさ》がくると、丸二日《まるふつか》で四十八時間《じかん》か。明日《あす》の夜《よる》には決着《けっちゃく》がつくわけだ」

「それがちょっとちがうんだ。ぼくらは東《ひがし》に向《む》かって飛《と》んでいるから、明日《あす》の日《ひ》の出《で》は、日本時間《にほんじかん》にすれば四、五時間早《じかんはや》いわけだ」

日本《にほん》とアメリカ西海岸《にしかいがん》との時差《じさ》は七時間《じかん》だからと、計算《けいさん》しようとしたのですが、頭《あたま》がこんがらがってうまく計算《けいさん》できません。それに途中《とちゅう》に日付変更線《ひづけへんこうせん》まであるのですから。

「時間《じかん》で計算《けいさん》するより、残《のこ》りの砂袋《すなぶくろ》の数《かず》で見当《けんとう》をつけるほうが早《はや》いと思《おも》うよ。アメリカの上空《じょうくう》で、砂袋《すなぶくろ》がなくなるように計算《けいさん》されているようだから」

「砂袋《すなぶくろ》って、下《した》の車輪《しゃりん》の輪《わ》っかみたいなものに、ごちゃごちゃとたくさんぶら下《さ》げてあるが、いくつぐらい吊《つ》るしてあるんだ？」

「ぼくもよく知《し》らないけど、装備《そうび》されているとき、数《かぞ》えてみたらたしか三十個《こ》くらいだったな、一つの重《おも》さは約《やく》三キロと兵隊《へいたい》さんがいっていたけど」

「ふーん」

「アメリカの上空《じょうくう》にたどり着《つ》き、砂袋《すなぶくろ》がなくなると、ほんのちょっとしたことで下降《かこう》し始《はじ》め、止《と》まらなくなって、高度《こうど》五千《せん》メートルになると、自動的《じどうてき》に爆弾《ばくだん》や焼夷弾《しょういだん》を落《お》とす仕《し》かけになっているんだ。爆弾《ばくだん》や焼夷弾《しょういだん》を落《お》とすと、砂袋《すなぶくろ》七個《こ》くらいを一度《ど》に落《お》としたことになるので、ぼくたちはぐんぐん上昇《じょうしょう》する。そして爆弾《ばくだん》を落《お》とした数秒後《すうびょうご》には、下《した》に吊《つ》るしてある装置《そうち》が全部爆発《ぜんぶばくはつ》し、その火《ひ》が導火線《どうかせん》を伝《つた》って上《うえ》へ燃《も》えて行《い》き、数分後《すうふんご》には球皮《きゅうひ》の内《うち》側《がわ》に取《と》りつけてある爆薬《ばくやく》が爆発《ばくはつ》するんだ。かなり上空《じょうくう》で爆破《ばくは》するから、証拠《しょうこ》というか、ぼくらの痕跡《こんせき》は何《なに》も残《のこ》らないわけだ」

話《はな》しながらぼく自身《じしん》も、なんという壮烈《そうれつ》な最期《さいご》だろうと胸《むね》が痛《いた》みましたが、東京君《とうきょうくん》もショックだったようです。

「砂時計《すなどけい》みたいなものだな。砂袋《すなぶくろ》がだんだん少《すく》なくなるにつれ、ぼくらの命《いのち》も少《すく》なくなるわけか」

東京君《とうきょうくん》はそういって笑《わら》おうとしたのですが、ぎこちない笑《わら》いになりました。そして、

「昨夜《さくや》は砂袋《すなぶくろ》を落《お》とすたび、元気《げんき》になれるのが嬉《うれ》しかったけど、今夜《こんや》は一つ落《お》とすたび、それだけ命《いのち》が縮《ちぢ》んでいくのを味《あじ》わうわけだ」

と、つぶやいていました。

「今《いま》のうちに眠《ねむ》っておくほうがいいかもしれないな」

下降《かこう》したり上昇《じょうしょう》したり、こんな不安定《ふあんてい》な飛行《ひこう》をしているとき、眠《ねむ》れるはずはありませんが、ぼくはそういいました。

最後《さいご》が近《ちか》くなって考《かんが》えたいこともたくさんあるだろう。ぼくは邪魔《じゃま》をしないから、思《おも》うぞんぶん考《かんが》えにふけりたまえ、という合図《あいず》なんです。

それがわかったのか彼《かれ》も「そうだな」と、つぶやき、黙《だま》ってしまいました。

夢《ゆめ》の中《なか》で節《せっ》ちゃんたちの歌声《うたごえ》が

ぼくは眠《ねむ》れるはずはないと思《おも》っていたのですが、長旅《ながたび》で疲《つか》れていたのか、ついうとうとしてしまいました。

夢《ゆめ》の中《なか》で、日本《にほん》の美《うつく》しい里山《さとやま》の風景《ふうけい》の中《なか》にいました。

南《みなみ》には高《たか》い山《やま》がそびえ、西《にし》の空《そら》はあかね色《いろ》にそまっています。

ぼくのまわりの灌木《かんぼく》は、いっせいに芽吹《めぶ》き始《はじ》めたところで、やわらかい緑色《みどりいろ》の葉《は》っぱをつけています。

コウゾ時代《じだい》のぼくの原風景《げんふうけい》でしょうが、そばには小川《おがわ》も流《なが》れています。遊《あそ》び疲《つか》れて、家《いえ》に帰《かえ》る子供《こども》たちが歌《うた》っています。

兎追《うさぎお》いし　かの山《やま》
小鮒釣《こぶなつ》りし　かの川《かわ》
夢《ゆめ》は今《いま》も　巡《めぐ》りて
忘《わす》れ難《がた》き故郷《ふるさと》

（作詞《さくし》　高野辰之《たかのたつゆき》　作曲《さっきょく》　岡野貞一《おかのていいち》）

いつか節《せっ》ちゃんとチャコちゃんが、積《つ》み上《あ》げてある気球紙《ききゅうし》にもたれて、この歌《うた》を歌《うた》っていたことがあります。

節《せっ》ちゃんの子供時代《こどもじだい》にも、もう山《やま》に兎《うさぎ》などいなかったし、川《かわ》にはメダカはいたけれど、小鮒《こぶな》などいなかったそうですが、節《せっ》ちゃんは途中《とちゅう》で歌《うた》うのをやめていったのです。

「私《わたし》、子供《こども》の頃《ころ》、『兎追《うさぎお》いし』を、兎《うさぎ》がおいしいと思《おも》っていたのよ。だから晩《ばん》ご飯《はん》のとき、兎《うさぎ》のお肉《にく》はおいしいのに、どうしてうちでは食《た》べないの？　と聞《き》いて、父《ちち》も母《はは》も兄《あに》も吹《ふ》き出《だ》して、大笑《おおわら》いになったことがあるの。それから兄《あに》には、長《なが》い間《あいだ》『節子《せつこ》は食《く》いしん坊《ぼう》だからな』と、よくからかわれたけど」

「兎《うさぎ》がおいしいだって？」

節《せつ》ちゃんでもそんな子供時代《こどもじだい》があったのか、ぼくは思《おも》わず思《おも》い出《だ》し笑《わら》いをしました。

それが東京君《とうきょうくん》の目《め》に止《と》まったのでしょう。

「君《きみ》は楽《たの》しい思《おも》い出《で》がいっぱいあって、うらやましいな」

と、つぶやいていました。

でも、お兄《にい》さんが戦死《せんし》して、だれの心《こころ》にも大《おお》きな穴《あな》がぽっかりあき、心《こころ》から笑《わら》えるような家族《かぞく》の団欒《だんらん》のひとときは、もうなかったでしょう。

それを思《おも》うとぼくの目《め》から涙《なみだ》があふれ、止《と》まらなくなりました。

節《せつ》ちゃんのお兄《にい》さんは、小学校《しょうがっこう》のときは走《はし》るのが早《はや》く、町村対抗《ちょうそんたいこう》のリレー競走《きょうそう》の選手《せんしゅ》で、いつも自分《じぶん》のチームを優勝《ゆうしょう》にみちびき、有名《ゆうめい》だったそうです。

勉強《べんきょう》もよくでき、受験雑誌《じゅけんざっし》の模擬試験《もぎしけん》では、いつもトップか、それに近《ちか》いところに名前《なまえ》が出《で》ていて、節《せっ》ちゃんは誇《ほこ》らしく思《おも》っていたそうです。

ぼくはチャコちゃんのお父《とう》さんにも、節《せっ》ちゃんのお父《とう》さんにも会《あ》ったことがあります。会《あ》ったといっても話《はな》したことはないので、見《み》たことがあるというほうが正《ただ》しいのかもしれません。

チャコちゃんのお父《とう》さんはお医者《いしゃ》さんで、女学校《じょがっこう》のすぐ近《ちか》くで、白石医院《しらいしいいん》を開業《かいぎょう》していました。女学校《じょがっこう》の校医《こうい》でもあり、また父兄会《ふけいかい》の会長《かいちょう》でもありますから、よく学校《がっこう》へ来《き》ていました。

「今日《きょう》もお父《とう》さん、来《き》ているのよ」と、本人《ほんにん》はいやがっていたのですが、お父《とう》さんは学校《がっこう》へ来《く》ると娘《むすめ》の顔《かお》を見《み》たいらしく、授業中《じゅぎょうちゅう》の教室《きょうしつ》や、気球《ききゅう》を貼《は》る仕事《しごと》が始《はじ》まってからは、作業場《ぎょうじょう》へやって来《く》るのです。

「用事《ようじ》もないのに、こんなところまで来《こ》ないで」

といわれますから、「お母《かあ》さんに、何《なに》かことづけはないか」などと聞《き》くのです。ことづけなどあるはずがありません。夕方《ゆうがた》にはチャコちゃんも学校《がっこう》のすぐ近《ちか》くの家《いえ》へ帰《かえ》るのですから。

「まったく！」

チャコちゃんは処置《しょち》なしというように、つぶやいていました。

「だれかにかまわれたい、だれかをかまいたいというのは、幼児性願望《ようじせいがんぼう》だなどといいながら、自分《じぶん》がそれをしているんだから」ということで、子《こ》ぼんのうなおもしろいお父《とう》さんです。

節《せっ》ちゃんのお父《とう》さんは、ぼくが気球紙《ききゅうし》として作業場《さぎょうじょう》に積《つ》み上《あ》げられていた頃《ころ》、見学《けんがく》に来《き》たことがあるのです。

極秘《ごくひ》の兵器《へいき》の製造《せいぞう》ですから、外部《がいぶ》の人《ひと》の立入《たちい》りは厳重《げんじゅう》に禁止《きんし》されていましたが、ある日《ひ》、監督官《かんとくかん》の中尉《ちゅうい》が「直径《ちょっけい》十メートルの気球《ききゅう》に仕上《しあ》げて、爆弾《ばくだん》や焼夷弾《しょういだん》を吊《つ》るし、アメリカまで飛《と》ばして攻撃《こうげき》する新兵器《しんへいき》です」と、得意《とくい》そうに話《はな》しながら、四、五人《にん》の人《ひと》を案内《あんない》して入《はい》って来《き》ました。

あんなに秘密《ひみつ》だといっておきながら、見学者《けんがくしゃ》など連《つ》れて来《き》ていいの？

ぼくもそう思《おも》いましたが、節《せっ》ちゃんもそう思《おも》いながら顔《かお》を上《あ》げると、目《め》の前《まえ》にお父《とう》さんが立《た》っていて、びっくりしたそうです。

節《せつ》ちゃんは学校《がっこう》のある町《まち》とは離《はな》れた村《むら》から、汽車《きしゃ》で通学《つうがく》していましたが、お父《とう》さんはその村《むら》の村長《そんちょう》さんです。

その日《ひ》、郡《ぐん》の町村長会《ちょうそんちょうかい》が女学校《じょがっこう》のある町《まち》で開《ひら》かれ、そのあと、学校《がっこう》のある町《まち》や、製紙工場《せいしこうじょう》のある村《むら》の町村長《ちょうそんちょう》が、見学《けんがく》に招待《しょうたい》されたのですが、節《せつ》ちゃんのお父《とう》さんは、娘《むすめ》がどんな仕事《しごと》をしているのか見《み》たくて参加《さんか》したようです。

お父《とう》さんは節《せつ》ちゃんには何《なに》もいわなかったけど、お母《かあ》さんには「若《わか》い女《おんな》の子《こ》を一日中《にちじゅう》、冷《つめ》たい床《ゆか》の上《うえ》に座《すわ》らせて作業《さぎょう》をさせて、体《からだ》をこわしたらどうする気《き》だ」と、嘆《なげ》いていたそうです。

戦争中《せんそうちゅう》のその頃《ころ》にはまだ珍《めずら》しかった、子《こ》ぼんのう丸《まる》だしの新《あたら》しいタイプのチャコちゃんのお父《とう》さんに比《くら》べて、謹厳実直《きんげんじっちょく》という言葉《ことば》を絵《え》に描《か》いたような古《ふる》いタイプのお父《とう》さんでした。

ああいう人《ひと》なら村長《そんちょう》という立場《たちば》もあって、大事《だいじ》な一人息子《ひとりむすこ》が戦死《せんし》しても、胸《むね》が張《は》りさけそうな思《おも》いをじっとこらえて、「名誉《めいよ》の戦死《せんし》をとげてくれて、一家《いっか》の誇《ほこ》りです」などと、いっていたのではないでしょうか。

「父《ちち》のほうは男《おとこ》だから泣《な》くこともできなくて、もっとつらいと思《おも》うのよ」という節《せっ》ちゃんの言葉《ことば》とともに、その気持《きも》ちが思《おも》われてぼくはまた涙《なみだ》がどっとあふれました。

ぼくはそのあと自分《じぶん》でも知《し》らないうちに、泣《な》きながら眠《ねむ》ってしまったようです。

第《だい》

6

章《しょう》

ついにアメリカ上空《じょうくう》へ

赤痢菌《せきりきん》などバラまく計画《けいかく》もあった

はっとして気《き》がついてみると、あたりはもう白《しら》み始《はじ》めていました。眠《ねむ》りから覚《さ》めたぼくの頭《あたま》にまず浮《う》かんだのは、砂袋《すなぶくろ》がいくつ残《のこ》っているかということでした。

下《した》を見下《みお》ろしましたが、高度保持装置《こうどほじそうち》や、砂袋《すなぶくろ》を吊《つ》るしてある車輪《しゃりん》の輪《わ》がじゃまになって見《み》えません。

おそるおそる東京君《とうきょうくん》の下《した》のほうを見《み》ました。なんと砂袋《すなぶくろ》が三袋《ふくろ》しか残《のこ》っていないのです。

ぼくらはたいてい同《おな》じようなコースを、同《おな》じように飛《と》んでいますから、ぼくの砂袋《すなぶくろ》も差《さ》はないでしょう。

これではアメリカまでたどり着《つ》けるかどうかもわかりません。

ぼくは思《おも》わず声《こえ》を上《あ》げそうになりましたが、ぐっとこらえました。

本人《ほんにん》が気《き》づくのはしかたないとしても、東京君《とうきょうくん》まで不安《ふあん》にさせたり、動揺《どうよう》させたくなかったのです。

「おはよう」

ぼくは元気《げんき》な声《こえ》で、東京君《とうきょうくん》にあいさつしました。

「よく眠《ねむ》れたかい」

「ああ、なんかいっぱい夢《ゆめ》を見《み》ていたような気《き》がするよ」

「こんなときに眠《ねむ》れるなんて、度胸《どきょう》があるなと思《おも》いながら見《み》ていたんだ」

「疲《つか》れていたんだ。でも、もうばっちりさ」

その日《ひ》もいいお天気《てんき》でした。

といっても、雨《あめ》とか曇《くもり》、晴《はれ》という地上《ちじょう》の天候《てんこう》は関係《かんけい》ありません。雨《あめ》を降《ふ》らせる雲《くも》は、はるか下《した》のほうにあるのですから。

ぼくたちが飛《と》んでいるこの空《そら》は、昼間《ひるま》は太陽《たいよう》の直射日光《ちょくしゃにっこう》を浴《あ》び、明《あか》るくて温度《おんど》も上昇《じょうしょう》し、夜《よる》は太陽《たいよう》が地球《ちきゅう》の裏側《うらがわ》に回《まわ》り真《ま》っ暗闇《くらやみ》になり、温度《おんど》も零下《れいか》五十度《ど》になる世界《せかい》です。

昨日《きのう》までの雲海《うんかい》は晴《は》れて、今日《きょう》は青空《あおぞら》が広《ひろ》がっています。

ずっと下《した》のほうに、さまざまなかたちの白《しろ》い雲《くも》がのんびり浮《う》かんでいます。そのまたずっと下《した》に、ときどき青《あお》いものがきらりと光《ひか》るのは、海《うみ》でしょうか。

「ぼくらはまだ海《うみ》の上《うえ》らしいな。アメリカまではたどり着《つ》けそうもないよ」

東京君《とうきょうくん》もやっぱり知《し》っていたんです。砂袋《すなぶくろ》が残《のこ》り少《すく》なくなっていることを。

ぼくはどう答《こた》えてよいかわからなくて黙《だま》っていると、東京君《とうきょうくん》はさらに話《はな》しかけてきました。

「ね、君《きみ》、コップに半分水《はんぶんみず》が残《のこ》っているとする。砂漠《さばく》の中《なか》での貴重《きちょう》な水《みず》だと思《おも》ってくれ。そのとき君《きみ》はまだ半分残《はんぶんのこ》っていると思《おも》うか、もう半分《はんぶん》しかないと思《おも》うか、どちらのタイプだい?」

「まだ半分残《はんぶんのこ》っていると思《おも》いたいけど……」

ぼくはそういいかけて、言葉《ことば》に詰《つ》まってしまいました。

さっき東京君《とうきょうくん》の砂袋《すなぶくろ》を見《み》たとき、もう三袋《ふくろ》しか残《のこ》っていないと思《おも》ったのですから、えらそうなことはいえません。

ぼくは答《こた》えに困《こま》った人《ひと》がよくやるように、質問《しつもん》をそのまま返《かえ》しました。

「君《きみ》は、どっちだい？」

「ぼくはこれまで、どちらかといえば、悲観的《ひかんてき》にものごとを考《かんが》えるタイプだったが、こうなったら、なるべくいいように考《かんが》えたいんだ。ぼくらはアメリカまでたどり着《つ》けないかもしれないし、たどり着《つ》けたとしても、たいした戦果《せんか》は上《あ》げられないだろう。どちらにしても無駄死《むだじ》にってわけだけど、生物兵器《せいぶつへいき》を積《つ》んでいないことだけでもよかった、と思《おも》うことにしたんだ」

「生物兵器《せいぶつへいき》って、ペスト菌《きん》とか、赤痢菌《せきりきん》とかいうやつ？」

「うん」

「そんな計画《けいかく》があったの？」

ぼくは驚《おどろ》いて聞《き》きかえしました。

「大阪《おおさか》にいた頃《ころ》、ちらっとそんなうわさを聞《き》いたことがあるんだ」

「だけど、生物兵器《せいぶつへいき》や、毒《どく》ガスのような化学兵器《かがくへいき》を使《つか》うことは、国際条約《こくさいじょうやく》で禁止《きんし》されているはずだろ」

「戦争《せんそう》になれば、国際条約《こくさいじょうやく》や人道主義《じんどうしゅぎ》、要《よう》するに人《ひと》の道《みち》に反《はん》することはしてはいけないなんてことには、かまっていられないよ」

東京君《とうきょうくん》はあたりまえのことのようにいい、話《はなし》を続《つづ》けました。

「風船爆弾《ふうせんばくだん》をアメリカがおそれるとすれば、生物兵器《せいぶつへいき》を積《つ》んできてアメリカにばら撒《ま》くことだよ。爆弾《ばくだん》を落《お》とされてもそれほどこわくないが、生物兵器《せいぶつへいき》の場合《ばあい》は予測不可能《よそくふかのう》だからね。敵《てき》がおそれるということは、それだけ効果《こうか》が期待《きたい》できるということで、使《つか》わない手《て》はないと思《おも》うよ。たとえば一発《ぱつ》で、都市《とし》を全滅《ぜんめつ》させるような強力《きょうりょく》な爆弾《ばくだん》や、光線《こうせん》を当《あ》てただけで、人《ひと》がばたばた死《し》ぬような殺人光線《さつじんこうせん》ができたとすれば、どこの国《くに》でも使《つか》うと思《おも》うよ。戦争《せんそう》を終《お》わらせるために使《つか》ったんだ。使《つか》わなかったらもっと多《おお》くの人《ひと》が死《し》んでいただろうと、あとで弁明《べんめい》すればいいんだから」

「ふーん、ぜんぜん知《し》らなかったよ」

ぼくたちはやはり「井《い》の中《なか》の蛙《かわず》」だったのです。節《せっ》ちゃんたちもそんなこと知《し》らなかったし、その可能性《かのうせい》があることさえ考《かん》えてみたこともなかったでしょう。

「それでどんな生物兵器《せいぶつへいき》を、使《つか》うつもりだったんだい？」

「最初《さいしょ》はペスト菌《きん》を空《そら》から撒《ま》こうとしたんだが、零下《れいか》五十度《ど》でも菌《きん》が死《し》なない容器《ようき》を作《つく》る必要《ひつよう》があるし、そのほかの条件《じょうけん》も考《かんが》えて使《つか》えるのは、赤痢菌《せきりきん》、炭疽菌《たんそきん》、そして牛《うし》に病気《びょうき》を起《お》こさせる牛疫《ぎゅうえき》、麦《むぎ》の黒穂病《くろぼびょう》の菌《きん》などで、それは搭載《とうさい》できるめどがついていたらしい」

東京君《とうきょうくん》の話《はなし》によると、風船爆弾《ふうせんばくだん》を本格的《ほんかくてき》に製造《せいぞう》し始《はじ》めたのは、東条内閣《とうじょうないかく》のときだが、サイパン島陥落《とうかんらく》の責任《せきにん》を取《と》って総辞職《そうじしょく》したとき、『風船爆弾《ふうせんばくだん》で細菌爆弾《さいきんばくだん》を運《はこ》ばせる案《あん》もあったが、人道的見地《じんどうてきけんち》からというより、アメリカ側《がわ》の報復《ほうふく》をおそれなければならぬ。細菌《さいきん》は使《し》用《よう》しないように』と、陸軍参謀本部《りくぐんさんぼうほんぶ》にいい残《のこ》したそうです。

しかし後《あと》をついだ参謀総長《さんぼうそうちょう》は『報復《ほうふく》をおそれていたのでは、戦争《せんそう》はできぬ』と、研究《けんきゅう》を続《つづ》けさせていたが、最後《さいご》になって思《おも》いとどまったということです。

「日本《にほん》では人道主義《じんどうしゅぎ》とか人道的《じんどうてき》という言葉《ことば》は、西洋《せいよう》かぶれしたキリスト教徒《きょうと》の使《つか》う言葉《ことば》というイメージがあるから、わかりやすい『報復《ほうふく》をおそれる』ということにしたんだろうし、最後《さいご》に思《おも》いとどまったのは、生物兵器《せいぶつへいき》を使《つか》っても、どうせ戦争《せんそう》に負《ま》けることがわかっていたからだろうが、ぼくはやはり国際法《こくさいほう》を守《まも》りたいという日本人《にほんじん》の良心《りょうしん》と思《おも》いたいけどね」

「よかったね、思《おも》いとどまってくれて」

ぼくは細菌《さいきん》など積《つ》んでいた場合《ばあい》のことを考《かんが》えて、身《み》ぶるいしました。

「生物兵器《せいぶつへいき》など積《つ》んでいたら、ぼくたちは極悪非道《ごくあくひどう》の兵器《へいき》として、末代《まつだい》まで汚名《おめい》を残《のこ》すことになったんだ。そんなことになっていたら、ぼくたちだけでなく、ぼくたちを作《つく》ってくれた女学生《じょがくせい》たちだって、一生肩身《いっしょうかたみ》の狭《せま》い思《おも》いをしなければならなかったんだ。ほんとによかったよ」

ぼくはそうくり返《かえ》していました。

「君《きみ》だってそう思《おも》うだろう。極悪非道《ごくあくひどう》の兵器《へいき》として悪名《あくめい》をとどろかせるより、役立《やくた》たずといわれるほうがまだましだって」

「そうだね。ばくだいなお金《かね》と労力《ろうりょく》をかけて作《つく》ったのに、こんなところで海《うみ》のコウゾクズとなって消《き》えてしまうぼくたちって、いったい何《なん》だろう」

「図体《ずうたい》の大《おお》きいピエロってところだな」

「ピエロはいいよ。みんな楽《たの》しませる役《やく》だからな」

ぼくはそういい、

ふたつのピエロは　それぞれに
海《うみ》の中《なか》へと　消《き》えました

と、「月《つき》の砂漠《さばく》」のメロディーをつけて歌《うた》うと、東京君《とうきょうくん》は「それ何《なん》だい？」という顔《かお》をしていましたが、すぐわかったのか、

海《うみ》の中《なか》には　竜宮城《りゅうぐうじょう》
鯛《たい》やひらめが　お出迎《でむか》え

と続《つづ》けて、「あんがい、楽《たの》しいかもしれないよ」といい、ぼくたちは顔《かお》を見合《みあ》わせて、にっこり笑《わら》いました。

夜勤《やきん》までしていた女学生《じょがくせい》たち

それからまたしばらく黙《だま》って飛《と》んでいたのですが、いよいよ最期《さいご》をむかえるのだと思《おも》うと、ぼくは黙《だま》っていることができなくなりました。

とにかく何《なに》か話《はなし》をしていれば、その間《あいだ》だけでも気《き》がまぎれるのです。といって何《なに》を話《はな》してよいか、適当《てきとう》な話題《わだい》を思《おも》いつかないうちに、ぼくは話《はな》しかけていました。

「ね、君《きみ》の気球紙《ききゅうし》を作《つく》った工場《こうじょう》も、三角乾燥機《さんかくかんそうき》を使《つか》っていたの？」

「ああ、あれか、鉄板《てっぱん》を三枚組《まいく》み合《あ》わせて、三角形《さんかっけい》の筒《つつ》にし、その中《なか》に蒸気《じょうき》を通《とお》したやつだろ。広《ひろ》い工場《こうじょう》にそれがずらりと並《なら》んでいて、女学生《じょがくせい》たちは一人《ひとり》で二台受《だいう》け持《も》って、ふうふういいながら作業《さぎょう》をしていたよ」

「一人《ひとり》で、二台《だい》だって？　考《かんが》えられないよ。ヨコ百《ひゃく》七十センチ、タテ六十一センチのやわらかい和紙《わし》を、こんにゃく糊《のり》をうすく塗《ぬ》った鉄板《てっぱん》の上《うえ》に、一人《ひとり》でどうやって、しわひとつないように置《お》くことができるんだい。ぼくらのところは二人《ふたり》一組《くみ》で、一台受《だいう》け持《も》っていたよ。和紙《わし》の四隅《よすみ》を二人《ふたり》がたるみのないように両手《りょうて》で持《も》ち、それでも二人《ふたり》の息《いき》が合《あ》っていないと、うまくいかないんだ」

三角乾燥機《さんかくかんそうき》というのは東京君《とうきょうくん》のいう通《とお》り、大判《おおばん》の和紙《わし》より少《すこ》し広《ひろ》い鉄板《てっぱん》を三枚組《まいく》み合《あ》わせて三角《さんかく》の筒《つつ》にしたもので、中《なか》に蒸気《じょうき》を通《とお》し、熱《あつ》くなった鉄板《てっぱん》の上《うえ》に、漉《す》きあげた紙《かみ》を貼《は》りつけ早《はや》く乾《かわ》かすためのものです。

節《せつ》ちゃんが女学校《じょがっこう》に通《かよ》い始《はじ》めた頃《ころ》は、漉《す》きあげた紙《かみ》を板《いた》に貼《は》りつけ天日乾燥《てんぴかんそう》をしていて、家《いえ》の周《まわ》りや空《あ》き地《ち》に、そんな板《いた》がずらりと立《た》てかけられていたそうですが、三角乾燥機《さんかくかんそうき》ができてから、そういう風景《ふうけい》は見《み》られなくなったということです。

気球原紙《ききゅうげんし》を作《つく》るのも、その三角乾燥機《さんかくかんそうき》を使《つか》って、最初《さいしょ》は大判《おおばん》の和紙《わし》、次《つぎ》は中判《ちゅうばん》と小判《こばん》というように、和紙《わし》の繊維《せんい》がお互《たが》いに補強《ほきょう》し合《あ》うように、タテヨコに五重《ごじゅう》にこんにゃく糊《のり》で貼《は》り合《あ》わせていくのですが、一枚貼《まいは》ると機械《きかい》をくるりと回《まわ》し、次《つぎ》の面《めん》を出《だ》し、同《おな》じ作業《さぎょう》をし、三面終《めんお》わる頃《ころ》には、最初《さいしょ》の面《めん》が乾《かわ》いていて、次《つぎ》の作業《さぎょう》に進《すす》めるというわけです。

こんにゃく糊《のり》を塗《ぬ》るのも刷毛《はけ》で、貼《は》りつけた紙《かみ》を押《お》さえてしっかりと貼《は》りつけるのも、糊《のり》のついていない剛《こわ》い毛《け》の刷毛《はけ》ですので、気球貼《ききゅうは》りの仕事《しごと》のように、指紋《しもん》がなくなるなどということはありませんが、立《た》ち仕事《しごと》なのでけっこうきついのです。

それに、最初《さいしょ》の頃《ころ》は、長《なが》い間使《あいだつか》わなかった三角乾燥機《さんかくかんそうき》を使《つか》うので、錆止《さびど》めに漆《うるし》を塗《ぬ》り、漆《うるし》にかぶれ、顔《かお》や手《て》が赤《あか》くはれる生徒《せいと》たちが続出《ぞくしゅつ》し、大変《たいへん》だったようです。

漆《うるし》かぶれも体質《たいしつ》によるので、「漆《うるし》にかぶれると、工場《こうじょう》を休《やす》めるのがうらやましくて、わざと漆《うるし》を塗《ぬ》ってあるところを触《さわ》ったり、しまいには手《て》に塗《ぬ》ってみたが、ぜんぜんかぶれないのよ。くやしかったわ」などと話《はな》している生徒《せいと》もいました。

東京君《とうきょうくん》にそんな話《はなし》をすると、

「ぼくのいた工場《こうじょう》では漆《うるし》にかぶれたくらいでは、休《やす》ませてもらえなかっただろうな。大判《おおばん》の和紙《わし》を置《お》くときは、どうしていたのかくわしく覚《おぼ》えていないが、たしか一人《ひとり》で二台受《だいう》け持《も》っていたよ。一つの台《だい》での仕事《しごと》を終《お》えると、すぐ体《からだ》の向《む》きを変《か》えて、もう一つの台《だい》で作業《さぎょう》をし、それが終《お》わると最初《さいしょ》の台《だい》の次《つぎ》の面《めん》を出《だ》して、また新《あたら》しい紙《かみ》を貼《は》っていくというふうにね。君《きみ》んとこのように四、五台《だい》の乾燥機《かんそうき》なら、人間《にんげん》が機械《きかい》を使《つか》っているんだろうが、ぼくのところのように百台以上《ひゃくだいいじょう》もずらりと並《なら》んでいると、機械《きかい》に人間《にんげん》が使《つか》われているみた

いなものだよ。とにかく女学生《じょがくせい》たちは、気《き》の毒《どく》になるくらいこき使《つか》われていたよ。それに昼夜《ちゅうや》二交代制《こうたいせい》だしね」

「え？　女学生《じょがくせい》が夜勤《やきん》までしていたの？」

「そうだよ、朝《あさ》の六時《じ》から夜《よる》の六時《じ》までの組《くみ》と、夜《よる》の六時《じ》から朝《あさ》の六時《じ》までの組《くみ》と」

「十二時間《じかん》も働《はたら》くのか」

「四国《しこく》のほうから来《き》ていた女学生《じょがくせい》だと思《おも》うけど、空襲《くうしゅう》で寮《りょう》を焼《や》け出《だ》され、ちがう寮《りょう》に移《うつ》ったんだが、そこもすぐ焼《や》け出《だ》され、生徒《せいと》たちは着《き》のみ着《き》のままで着《き》がえさえなくて、引率《いんそつ》の教師《きょうし》が一時的《いちじてき》に勤労動員《きんろうどういん》を解除《かいじょ》して、一旦家《いったんいえ》に帰《かえ》してほしいと願《ねが》い出《で》たが、許可《きょか》にならなかったんだ。で、教師《きょうし》は生徒《せいと》の安全《あんぜん》を守《まも》るのが自分《じぶん》の役目《やくめ》だから、自分《じぶん》の責任《せきにん》で連《つ》れて帰《かえ》ると、さっさと帰《かえ》ってしまった学校《がっこう》があったよ。あの先生《せんせい》どうなったかな。みんな二度《ど》も焼《や》け出《だ》された女学生《じょがくせい》に同情《どうじょう》していたから、罪《つみ》にはならなかっただろうと思《おも》うけどね」

「ふーん、みんな苦労《くろう》していたんだ」

親元《おやもと》を離《はな》れて動員《どういん》されていた女学生《じょがくせい》に比《くら》べると、節《せっ》ちゃんたちはずいぶん恵《めぐ》まれていたようです。

お昼休《ひるやす》みや休憩時間《きゅうけいじかん》もふくめて、九時間働《じかんはたら》くだけでよかったし、残業《ざんぎょう》などよほどのことがない限《かぎ》りなかったのです。

空襲《くうしゅう》で焼《や》け出《だ》される心配《しんぱい》もないのです。

空襲警報《くうしゅうけいほう》が出《で》ると、作業《さぎょう》を中止《ちゅうし》して避難《ひなん》することになっていたのですが、彼女《かのじょ》たちは運《うん》動場《どうじょう》に立《た》って、はるか彼方《かなた》の上空《じょうくう》を、編隊《へんたい》を組《く》んで銀色《ぎんいろ》に機体《きたい》を輝《かがや》かせながら、飛行機雲《ひこうきぐも》を引《ひ》いて飛《と》んで行《い》くアメリカの爆撃機《ばくげきき》Ｂ29を眺《なが》めながら、今日《きょう》はどこへ行《い》くのだろうと話《はな》し合《あ》っていました。

もちろん空襲《くうしゅう》される人《ひと》たちのことを心配《しんぱい》し、Ｂ29が日本《にほん》の上空《じょうくう》をわがもの顔《がお》に飛《と》んでいるのに、むかえ撃《う》つ飛行機《ひこうき》がないことをくやしがっていたのですが。

節《せっ》ちゃんたちは今日《きょう》も、あの講堂《こうどう》でせっせと気球貼《ききゅうは》りの仕事《しごと》をしているのでしょうか。もう三月《がつ》のなかばですから、指先《ゆびさき》がこごえるようなこともないでしょうが、もしかしたらもう気球《ききゅう》を貼《は》る紙《かみ》もなくなっているかもしれません。

ぼくがいた頃《ころ》から、紙《かみ》を作《つく》る原料《げんりょう》のコウゾを使《つか》いはたし、いつまでこの仕事《しごと》が続《つづ》けられるかわからないといっていたのです。

それに四月《がつ》になると、風船爆弾《ふうせんばくだん》を飛《と》ばす時期《じき》も終《お》わりですから、節《せっ》ちゃんたちは、四月《がつ》からは町《まち》にある紡績工場《ぼうせきこうじょう》へ、動員《どういん》になることが決《き》まっていました。

海《うみ》を埋《う》め立《た》てたところにあるという、紡績工場《ぼうせきこうじょう》をぼくは一度《ど》も見《み》たことがありません。ぼくの知《し》らない世界《せかい》です。

あの見《み》なれた講堂《こうどう》から、節《せっ》ちゃんたちの姿《すがた》が消《き》えてしまうのかと思《おも》うと、さびしくなります。

講堂《こうどう》から見《み》える花壇《かだん》のチューリップは、もう咲《さ》いたでしょうか。

「チューリップなんて西洋《せいよう》の花《はな》だろ。そんなものを植《う》えるより、芋《いも》でも植《う》えたらどうだ」

監督官《かんとくかん》の中尉《ちゅうい》にいや味《み》をいわれながら、節《せっ》ちゃんたちが昨年《さくねん》の秋《あき》、毎年《まいとし》の行事《ぎょうじ》の一つとして、お昼休《ひるやす》みの時間《じかん》に植《う》えたのです。

ぼくがいた頃《ころ》、青《あお》いみずみずしい芽《め》を出《だ》し、みんな喜《よろこ》んでいたのです。

校庭《こうてい》を埋《う》めつくすように植《う》えてあるさくらも、もう蕾《つぼみ》がふくらみ始《はじ》めていることでしょう。そんなとりとめもない思《おも》いが、走馬灯《そうまとう》のようにぼくの頭《あたま》の中《なか》を次々《つぎつぎ》に流《なが》れて行《い》きます。

一瞬《いっしゅん》、見《み》えた長《なが》い海岸線《かいがんせん》

「おい、下《した》を見《み》ろよ。あれは海岸線《かいがんせん》じゃないのか」

東京君《とうきょうくん》の声《こえ》に、ぼくははっとわれにかえって、下《した》を眺《なが》めました。

もう夕方近《ゆうがたちか》くなっているのか、霞《かすみ》がかかったようになっているはるか下《した》のほうに、青《あお》い海《うみ》と一線《いっせん》を画《かく》して、白《しろ》い波《なみ》の線《せん》がかすかに見《み》えていました。

長《なが》い海岸線《かいがんせん》です。島《しま》などではありません。たしかにアメリカ大陸《たいりく》です。

「やったね！」

「計算《けいさん》どおりだ！」

「ちゃちなようでも、日本人《にほんじん》の知恵《ちえ》と技術《ぎじゅつ》はたいしたもんだ」

ぼくたちは顔《かお》を見合《みあ》わせてほほえみました。

アメリカに着《つ》いたということは、最期《さいご》が近《ちか》づいて来《き》たということですが、やはり「やった」という達成感《たっせいかん》があります。

日本《にほん》からアメリカ西海岸《にしかいがん》までは約《やく》八千《せん》キロといわれていますが、その八千《せん》キロの太平洋《たいへいよう》を横断《おうだん》して、無事到着《ぶじとうちゃく》したのです。

後《あと》は飛《と》べるだけ飛《と》んで、アメリカ本土《ほんど》の内陸部《ないりくぶ》へ侵入《しんにゅう》すればいいのです。

成功《せいこう》を祝《しゅく》して乾杯《かんぱい》でもしたいところですが、あいにくシャンパンのようなしゃれたものはありません。

「気球《ききゅう》に乗《の》って初《はじ》めて飛《と》んだのは、フランスの貴族《きぞく》とその友人《ゆうじん》だが、二人《ふたり》を乗《の》せた気球《ききゅう》はすぐ近《ちか》くの葡萄畑《ぶどうばたけ》に落《お》っこちたんだ。それでもあわてないで、びっくりする農民《のうみん》たちといっしょに、持参《じさん》していたシャンパンで乾杯《かんぱい》した話《はなし》が残《のこ》っていて、気球《ききゅう》から降《お》りると、どこでもシャンパンをふるまってくれるのが習慣《しゅうかん》だったそうだ。今《いま》はヨーロッパでも、そんな古《ふる》き良《よ》き時代《じだい》の習慣《しゅうかん》などなくなっているだろうね。どこの国《くに》も戦争《せんそう》で血眼《ちまなこ》になっていて、大勢《おおぜい》の人《ひと》が死《し》んだり、傷《きず》ついたり、多《おお》くの都市《とし》が焼《や》け、貴重《きちょう》な建物《たてもの》が破壊《はかい》され、あらゆる物資《ぶっし》が不足《ふそく》しているのに、どうして戦争《せんそう》などするのだろう」

ぼくはそう話《はな》しながら下《した》を見《み》ると、下《した》はうす暗《ぐら》くなった靄《もや》におおわれて、前《まえ》を見《み》ても後《うし》ろを見《み》ても、あの白《しろ》い波打《なみう》ちぎわのようなものは見《み》えません。

「何《なに》も見《み》えないよ。ぼくたちは今《いま》、海《うみ》の上《うえ》にいるのか、陸《りく》の上《うえ》にいるのかさえわからないよ」

「陸《りく》の上《うえ》だと思《おも》うよ。一瞬《いっしゅん》でも海岸線《かいがんせん》が見《み》えたなんて、奇跡《きせき》としかいいようがないよ」

東京君《とうきょうくん》がいいます。

この辺《あた》りまで来《く》ると、これまでぼくたちを後押《あとお》ししてくれていた偏西風《へんせいふう》も弱《よわ》まり、ぼくたちの動《うご》きもぎこちなくなり、東京君《とうきょうくん》と衝突《しょうとつ》しそうになり、ひやりとする場面《ばめん》もありました。

「ごめん、ちょっとよそ見《み》していたんだ」

東京君《とうきょうくん》があやまりました。

「いや、ぼくのほうこそ、近寄《ちかよ》りすぎたんだ」

ぼくはいいましたが、東京君《とうきょうくん》は下《した》の砂袋《すなぶくろ》のことが気《き》になって、のぞきこんでいたようでした。

「偏西風《へんせいふう》はアメリカの上空《じょうくう》ではどうなるんだい」

「たぶん吹《ふ》いていないのだろうが、アメリカ上空《じょうくう》での風向《かざむ》きはどうなっているかわからないんだ。戦争《せんそう》になってから、どこの国《くに》も気象情報《きしょうじょうほう》は秘密《ひみつ》にしているからね」

「南《みなみ》に流《なが》されているような気《き》がしないかい」

「うん、ぼくもさっきからそう思《おも》っていたんだ」

「まさかメキシコへなんてことはないだろうね」

「それは大丈夫《だいじょうぶ》だよ。北《きた》のほうを見《み》ろよ」

雲《くも》はずっと下《した》のほうにありますが、その雲《くも》の上《うえ》に、雪《ゆき》をかぶった山脈《さんみゃく》が見《み》えているのです。

「ああ、見《み》える見《み》える。ロッキー山脈《さんみゃく》かな。名前《なまえ》は聞《き》いたことがあるが、アメリカの地図《ちず》なんてくわしく見《み》たことがないから、どの辺《へん》にあるかわからないが、雪《ゆき》があるのなら、カナダに近《ちか》い北《きた》のほうだろう」

ぼくたちはここへきて、どちらへ飛《と》んでよいのかわからなくて、不安《ふあん》そうに辺《あた》りを見回《みまわ》しているだけです。方角《ほうがく》がわかっているとしても、自分《じぶん》で操縦《そうじゅう》できないのですから、どうすることもできないのです。

そうやってもたつきながら飛《と》んでいるうちに、夕闇《ゆうやみ》がせまって、気温《きおん》もどんどん下《さ》がります。

ぼくたちは元気《げんき》を失《うしな》って、落下《らっか》し始《はじ》めました。砂袋《すなぶくろ》が一つ落《お》ちていきます。少《すこ》し軽《かる》くなったと思《おも》うのですが、落下《らっか》は止《と》まりません。

一つ落《お》としただけではだめなときは、三分後《ぶんご》にもう一つ砂袋《すなぶくろ》が落《お》ちるようになっていて、もう一つ落《お》ちてゆきました。

それでやっと落下《らっか》が止《と》まったのですが、それもつかの間《ま》、また落下《らっか》が始《はじ》まりました。とうとう最後《さいご》の砂袋《すなぶくろ》が切《き》り離《はな》されましたが、効果《こうか》がありません。

あとはただ落《お》ちて行《い》くだけです。

火《ひ》だるまになって落《お》ちていく東京君《とうきょうくん》

ぼくは自分《じぶん》のことに気《き》を取《と》られていたのですが、気《き》がついて東京君《とうきょうくん》のほうを見《み》ると、彼《かれ》も落下《らっか》し始《はじ》めていました。

落下《らっか》のスピードは、しだいに速《はや》くなっていきます。

このまま落下《らっか》して五千《せん》メートルの高度《こうど》まで下《さ》がると、十五キロ爆弾《ばくだん》と焼夷弾《しょういだん》二個《こ》が自動《じどう》的《てき》に切《き》り離《はな》され、軽《かる》くなった気球《ききゅう》はスピードを上《あ》げて上昇《じょうしょう》しますが、それと同時《どうじ》に球皮《きゅうひ》にしかけてある爆薬《ばくやく》の導火線《どうかせん》に火《ひ》がつき、数分《すうふん》で、ぼくたちは証拠《しょうこ》となるものはあとかたもなくなるように、爆発《ばくはつ》するのです。

それがいつくるのか、高度計《こうどけい》を見《み》ることができないぼくたちにはわかりません。落下《らっか》のスピードは増《ま》していくようです。

ぼくは今《いま》のうちに、東京君《とうきょうくん》に別《わか》れのあいさつをしておくことにしました。

「ありがとう。君《きみ》といっしょで、楽《たの》しかったよ」

「ぼくもだ。君《きみ》に会《あ》えてよかった。またどこかで会《あ》おうといえないのが、残念《ざんねん》だけど」

こんなとき握手《あくしゅ》して、お互《たが》いに手《て》を固《かた》く握《にぎ》り合《あ》えれば、どんなにいいだろうと思《おも》います。抱《だ》き合《あ》って肩《かた》をたたき合《あ》えれば、どんなにいいでしょう。

言葉《ことば》だけではこの気持《きも》ちが通《つう》じないようで、もどかしい限《かぎ》りです。

最期《さいご》が来《き》ているのに「幸運《こううん》を祈《いの》る」ではないでしょうが、ぼくはその言葉《ことば》をつけたしました。

すると東京君《とうきょうくん》はにっこりして、

「舞台《ぶたい》に出《で》ていく俳優《はいゆう》さんを励《はげ》ますときは『グッドラック』じゃなくて『ブレークアレッグ』『足《あし》を折《お》れ』だよ。ぼくらはこれから最期《さいご》の大舞台《だいぶたい》を迎《むか》えるんだからな」

さすが浅草国際劇場育《あさくさこくさいげきじょうそだ》ちの東京君《とうきょうくん》です。

「足《あし》を折《お》れ、か。ねたみの気持《きも》ちも少《すこ》しは入《はい》っているのかな」

命《いのち》の終《お》わりを迎《むか》えても、新《あたら》しいことを知《し》るのは楽《たの》しいものです。ぼくはその言葉《ことば》をしっかり頭《あたま》に刻《きざ》みつけ、お互《たが》いの幸運《こううん》と成功《せいこう》を祈《いの》って東京君《とうきょうくん》にいいました。

「足《あし》を折《お》れ」

東京君《とうきょうくん》もぼくにいいます。

「足《あし》を折《お》れ」

その間《あいだ》にも、ぼくたちはぐんぐん下降《かこう》していきます。

ぼくは目《め》をつむりました。ぼくは大事《だいじ》なときになると、目《め》をつむるくせがあるようです。

見《み》るのがこわいのか。それとも精神統一《せいしんとういつ》をしようとしているのか。

ぼくとしては精神統一《せいしんとういつ》をしていると思《おも》いたいのですが、ただ何《なに》も考《かんが》えないでそのときを待《ま》っているのです。

「おい、もう高度《こうど》五千《せん》メートルは過《す》ぎたのではないか。すぐ下《した》に雲《くも》があって、その中《なか》に突《つ》っ込《こ》みそうだよ」

目《め》を開《あ》けてみると、むくむくと頭《あたま》をもたげた入道雲《にゅうどうぐも》がすぐ下《した》にせまっていました。

ふつう雲《くも》は五千《せん》メートルより下《した》ですが、積乱雲《せきらんうん》は何千《なんぜん》メートルくらいになるのか、ぼくもくわしいことは知《し》りません。

「下界《げかい》は荒《あ》れもようらしいよ。足《あし》を折《お》れの次《つぎ》は、手荒《てあら》な歓迎《かんげい》だ。ピカピカ、ゴロゴロとね」

東京君《とうきょうくん》がいっています。

かみなり様《さま》を下《した》に聞《き》く、富士《ふじ》は日本一《にっぽんいち》の山《やま》

ぼくの気球紙《ききゅうし》を作《つく》っていた工場《こうじょう》の近《ちか》くに国民学校《こくみんがっこう》（小学校《しょうがっこう》を一九四一年《ねん》から四七年《ねん》までそういっていた）があって、一年生《ねんせい》がこの歌《うた》を歌《うた》っていたが、最初《さいしょ》の出《で》だしは何《なん》といううん

だったっけ？

ああ、そうだ。「頭《あたま》を雲《くも》の上《うえ》に出《だ》し」だ。

ぼくはその歌《うた》のことを話《はな》そうと東京君《とうきょうくん》のほうを見《み》たとき、目《め》もくらむようなすさまじい閃光《せんこう》が走《はし》り、次《つぎ》の瞬間《しゅんかん》、東京君《とうきょうくん》の体《からだ》が火《ひ》を吹《ふ》き、爆発《ばくはつ》しました。

その爆風《ばくふう》でぼくは吹《ふ》き飛《と》ばされ、火《ひ》だるまになって落《お》ちていく東京君《とうきょうくん》の姿《すがた》を目《め》にしたのを最後《さいご》に、気《き》を失《うしな》いました。

第《だい》7章《しょう》　オレゴンの悲劇《ひげき》

気《き》がつくと深《ふか》い森《もり》の中《なか》

辺《あた》りの空気《くうき》を振動《しんどう》させるうるさい音《おと》に、ぼくはぎくりとして目《め》を覚《さ》ましました。

しばらくは何《なに》が起《お》こったのか、どこにいるのかもわかりませんでした。頭《あたま》の中《なか》が真《ま》っ白《しろ》になっていて、何《なん》にも覚《おぼ》えていないのです。

バタバタバタバタというような音《おと》は、遠《とお》ざかっては、また近《ちか》づいて来《き》ます。

ああ、あれはヘリコプターの音《おと》だと気《き》づいて、頭《あたま》の上《うえ》を見上《みあ》げると、木々《きぎ》の間《あいだ》から青空《あおぞら》が見《み》えました。

まわりを見回《みまわ》すと、ロープが大《おお》きな松《まつ》の木《き》の下枝《したえだ》にからまり、爆弾《ばくだん》や焼夷弾《しょういだん》は宙吊《ちゅうづ》りになっています。

ぼくの体《からだ》の大半《たいはん》はぺしゃんこになって、地面《じめん》にたたきつけられ、その上《うえ》にいつ降《ふ》ったのか、白《しろ》い雪《ゆき》が四、五センチほど積《つ》もっています。

あたり一面《めん》の木々《きぎ》の間《あいだ》にも雪《ゆき》が積《つ》もり、下生《したば》えの低《ひく》い木《き》の枝《えだ》や葉《は》も白《しろ》くなっています。

やがてぼくの頭《あたま》に、火《ひ》だるまになって落《お》ちて行《い》く東京君《とうきょうくん》の姿《すがた》が浮《う》かび、すべてのことを思《おも》い出《だ》しました。

どのくらい離《はな》れているのかはわかりませんが、ぼくは爆発《ばくはつ》のあおりで吹《ふ》き飛《と》ばされ、ここへ落《お》ちたのです。

ぼくの体《からだ》の下《した》に雪《ゆき》がないところをみると、ぼくが吹《ふ》き飛《と》ばされて来《き》てから雪《ゆき》が降《ふ》り、そしてやんでいるのです。

何時間《なんじかん》どころか、何日《なんにち》も経《た》っているのかもしれません。

宙吊《ちゅうづ》りになっている爆弾《ばくだん》を見上《みあ》げながら、ぼくはひやりとしました。

よく爆発《ばくはつ》しなかったものです。枝《えだ》にひっかかり、地面《じめん》に衝突《しょうとつ》しなかったからかもしれません。

しかしそれがよかったのか悪《わる》かったのか、ぼくにはわかりません。爆発《ばくはつ》していれば山火《やまか》事《じ》くらいは起《お》こせたでしょうから。

東京君《とうきょうくん》が落《お》ちたところでは、山火事《やまかじ》が起《お》こったにちがいありません。

ヘリコプターはそのために飛《と》んでいるのかと思《おも》ったのですが、一度《ど》音《おと》が遠《とお》くなりいなくなったかと思《おも》うと、またやって来《き》て旋回《せんかい》し始《はじ》めるのです。近《ちか》くには煙《けむり》が立《た》ちこめるところもなく、火事《かじ》の気配《けはい》などありません。

ぼくが落《お》ちたところは、大《おお》きな松《まつ》の木《き》が何本《なんぼん》もあって、森《もり》の奥《おく》という感《かん》じですが、ちょっと離《はな》れたところに、木《き》がまばらにしか生《は》えていない空《あ》き地《ち》のようなところがあります。

山奥《やまおく》の自然林《しぜんりん》というより、人《ひと》の手《て》が加《くわ》わった森林公園《しんりんこうえん》のようなところかもしれません。

おまけに車《くるま》が通《とお》れるような道《みち》もあるのです。車《くるま》の音《おと》が近《ちか》づいてきたと思《おも》うと、ここからは離《はな》れていますが、木々《きぎ》の間《あいだ》を通《とお》して、小型《こがた》で軽快《けいかい》そうな車《くるま》が見《み》えました。ジープというのだとあとになって知《し》りましたが、運転《うんてん》している人《ひと》もその横《よこ》に乗《の》っている人《ひと》も、上半身《じょうはんしん》はむき出《だ》しで、車輪《しゃりん》の上《うえ》に椅子《いす》だけ乗《の》せたような車《くるま》です。

二人《ふたり》とも制服姿《せいふくすがた》ですが、軍服《ぐんぷく》ではないので、森林警備隊《しんりんけいびたい》の人《ひと》たちでしょう。彼《かれ》らは無線《むせん》で連絡《れんらく》を取《と》りながら、あたりを見回《みまわ》し、ゆっくりと通《とお》り過《す》ぎて行《い》きます。声《こえ》が聞《き》こえるほどの近《ちか》さではありませんし、もし聞《き》こえたとしてもぼくには英語《えいご》がわからないのですが、「ぼくを捜《さが》しているんだ!」ということはすぐわかりました。

あのヘリコプターもそうです。

爆発《ばくはつ》した風船爆弾《ふうせんばくだん》のほかにも、もうひとつ見《み》えたという目撃情報《もくげきじょうほう》があったのかもしれません。目撃情報《もくげきじょうほう》がなかったとしても、仲間《なかま》を捜《さが》すのはあたりまえです。

ぼくたちがこうしてアメリカに来《き》ているのですから、これまで放流《ほうりゅう》した八千個以上《せんこいじょう》の風《ふう》船爆弾《せんばくだん》の中《なか》で、アメリカに届《とど》いた者《もの》も多《おお》いでしょう。合田上等兵《ごうだじょうとうへい》がいっていたように、やはりアメリカは日本《にほん》に知《し》られたくなくて、風船爆弾《ふうせんばくだん》が届《とど》いていることを秘密《ひみつ》にしていて、それだけ神経《しんけい》をとがらせ、厳重《げんじゅう》に警戒《けいかい》しているのです。

ぼくは彼《かれ》らに見《み》つかるわけにはいきません。何《なん》の役《やく》にもたたず、こんな無様《ぶざま》な状態《じょうたい》ですが、それはしかたのないこととして許《ゆる》してもらうとしても、自分《じぶん》の国《くに》を裏切《うらぎ》りたくはありません。

ぼくがここでつかまって捕虜《ほりょ》になれば、きびしい拷問《ごうもん》を受《う》けなくても、彼《かれ》らは風船爆弾《ふうせんばくだん》の仕組《しく》みや、材料《ざいりょう》に何《なに》が使《つか》われているか、どこから飛《と》ばしているかなど徹底的《てっていてき》に調《しら》べて、多《おお》くの情報《じょうほう》を引《ひ》き出《だ》すでしょう。

それを防《ふせ》ぐために、ぼくたちは地上《ちじょう》はるかかなたの上空《じょうくう》で、自爆《じばく》し、証拠《しょうこ》を残《のこ》さないことになっていたのです。


今《いま》になって思《おも》うと、高度《こうど》五千《せん》メートルになると、自動的《じどうてき》に爆弾《ばくだん》や焼夷弾《しょういだん》を落《お》とすようになっていたのに、高度計《こうどけい》がこわれたのか、爆破《ばくは》する装置《そうち》がうまく働《はたら》かなかったのか。これまでうまくいっていたのに、最後《さいご》の最後《さいご》になってうまくいかなかったのです。

東京君《とうきょうくん》の爆発《ばくはつ》は、たぶん彼《かれ》の装置《そうち》の金属《きんぞく》に、落雷《らくらい》したのではないかと思《おも》います。日本《にほん》の雪国地方《ゆきぐにちほう》には「雪《ゆき》おこしの雷《かみなり》」という言葉《ことば》がありますが、アメリカでもそうなのかもしれません。あの雷《かみなり》は雪《ゆき》の前《まえ》ぶれだったのでしょう。

東京君《とうきょうくん》の壮烈《そうれつ》な最期《さいご》は、今《いま》でもぼくの心《こころ》に焼《や》きついて残《のこ》っています。あのときぼくも一《いっ》緒《しょ》に火《ひ》を吹《ふ》きながら落《お》ちていった方《ほう》が、よかったと思《おも》わないでもありません。

そうすれば、こんなにびくびくしながら過《す》ごすこともなかったのです。

捜索《そうさく》は翌日《よくじつ》も、その翌日《よくじつ》も続《つづ》きました。空《そら》ではヘリコプターが旋回《せんかい》し、森林《しんりん》の中《なか》を警備《けいび》隊《たい》が車《くるま》でパトロールしています。

さいわいぼくは、見《み》つけられることはありませんでした。パトロールの車《くるま》も何度《なんど》か通《とお》りましたが、気《き》がつかないで行《い》ってしまいました。

まだ雪《ゆき》が残《のこ》っていて、ぼくの体《からだ》に積《つ》もっていたから、遠《とお》くから見《み》ただけでは気《き》がつかなかったのでしょう。

忘《わす》れられたまま朽《く》ちていくのか

朝《あさ》が来《き》て、夜《よる》が来《き》て、また朝《あさ》が来《き》て、そんなことをくりかえし、ぼくはもう日《ひ》にちの感《かん》覚《かく》もなくなっていましたが、一週間《しゅうかん》ほど経《た》った頃《ころ》からヘリコプターの音《おと》も、パトロールの無《む》線《せん》の音《おと》もしなくなりました。

幸運《こううん》というか皮肉《ひにく》というか、雪《ゆき》がとけてぼくの姿《すがた》が目立《めだ》つようになったとき、捜索《そうさく》は中《ちゅう》止《し》になったのです。

四月《がつ》に入《はい》ると偏西風《へんせいふう》が弱《よわ》まり、風船爆弾《ふうせんばくだん》が飛《と》ばせなくなるという話《はなし》を聞《き》いていましたが、それより早《はや》く風船爆弾《ふうせんばくだん》による米本土《べいほんど》攻撃《こうげき》は終《お》わったようです。

東京《とうきょう》が空襲《くうしゅう》され、国際劇場《こくさいげきじょう》など気球《ききゅう》貼《は》りの作業場《さぎょうじょう》が焼《や》けたということは、そこに保管《ほかん》されていた気球《ききゅう》の完成品《かんせいひん》や、気球紙《ききゅうし》が焼《や》けてしまったということで、ただでさえ原料不足《げんりょうぶそく》をいわれていたのですから、放流《ほうりゅう》する気球《ききゅう》がなくなったのか、あるいは、放流基地《ほうりゅうきち》が空襲《くうしゅう》でやられたのかもしれません。

どちらにしても日本《にほん》はもう、風船爆弾《ふうせんばくだん》を飛《と》ばすことさえできなくなっているのです。

戦争《せんそう》がどうなっているか、ぼくにはわかりませんが、放流基地《ほうりゅうきち》の兵隊《へいたい》さんがいっていたように、木《き》と紙《かみ》でできている日本《にほん》の都市《とし》は、次々焼夷弾攻撃《つぎつぎしょういだんこうげき》を受《う》け、焼《や》け野原《のはら》になっているかもしれません。

節《せつ》ちゃんたちが住《す》んでいる、あの小《ちい》さな町《まち》までは空襲《くうしゅう》されてないと思《おも》いますが、それもわかりません。

日本《にほん》がどうなっているかということも心配《しんぱい》ですが、ぼく自身《じしん》もこれからどうなるのか、心配《しんぱい》です。

捜索《そうさく》されている間《あいだ》は見《み》つからないようにと、緊張《きんちょう》しながら過《す》ごしていたのですが、その緊張《きんちょう》がなくなると、ぼくはどうしていいかわからなくなりました。

もしこれが人間《にんげん》なら、まず食《た》べ物《もの》や水《みず》を捜《さが》さなければなりません。森《もり》の中《なか》に食用《しょくよう》になる物《もの》がなければ、危険《きけん》をおかしてでも人里《ひとざと》まで行《い》かなければなりません。よけいなことを考《かんが》えるひまなどないでしょう。

ぼくは水《みず》や食《た》べ物《もの》はなくても平気《へいき》ですが、そのかわり移動《いどう》の方法《ほうほう》がありません。下枝《したえだ》に引《ひ》っかかっているロープをはずすことさえできないのです。

だれかがぼくを見《み》つけてくれないかぎり、ぼくはここで長《なが》い時間《じかん》をかけて、だれにも知《し》られず、忘《わす》れられたまま朽《く》ち果《は》てていくのです。

ぼくはチャコちゃんが口《くち》ずさんでいた詩《し》を思《おも》い出《だ》しました。

チャコちゃんは『源氏物語《げんじものがたり》』の原文《げんぶん》なども、すらすら暗誦《あんしょう》していたのですが、ときどき詩《し》を暗誦《あんしょう》することもありました。

退屈《たいくつ》な女《おんな》より　もっと哀《あわ》れなのは　悲《かな》しい女《おんな》です

という言葉《ことば》から始《はじ》まるフランスの女流画家《じょりゅうがか》マリー・ローランサンの詩《し》（堀口大学訳《ほりぐちだいがくやく》）です。

たしか、悲《かな》しい女《おんな》より不幸《ふこう》な女《おんな》、不幸《ふこう》な女《おんな》より病気《びょうき》の女《おんな》、病気《びょうき》の女《おんな》よりよるべない女《おんな》、よるべない女《おんな》より追《お》われた女《おんな》、追《お》われた女《おんな》より死《し》んだ女《おんな》と続《つづ》き、最後《さいご》は、

死《し》んだ女《おんな》より　もっと哀《あわ》れなのは　忘《わす》られた女《おんな》です

になるのです。

チャコちゃんは「私《わたし》はうらまれても、にくまれても、けいべつされてもいい、忘《わす》られれ

た女《おんな》にだけはなりたくない」と息巻《いきま》いていました。

ぼくは死《し》んだ女《おんな》より、忘《わす》れられるほうが哀《あわ》れなのかなと、不思議《ふしぎ》に思《おも》ったから覚《おぼ》えていたのですが、今《いま》になってみると、その詩《し》の意味《いみ》がよくわかります。

たとえ死《し》んでしまっても、だれか覚《おぼ》えていてくれる人《ひと》はいるでしょう。でも忘《わす》れられた女《おんな》には、だれも覚《おぼ》えてくれている人《ひと》はいないのです。

節《せつ》ちゃんがぼくのことを忘《わす》れてしまったとは思《おも》いたくありませんが、今《いま》は紡績工場《ぼうせきこうじょう》で織《しょっ》機《き》の間《あいだ》を忙《いそが》しく行《い》き来《き》し、糸《いと》が切《き》れているところをなおして日《ひ》を過《す》ごし、風船爆弾《ふうせんばくだん》を作《つく》っていた日々《ひび》のことを、思《おも》い出《だ》すひまもないでしょう。

それに彼女《かのじょ》たちは、木箱《きばこ》に入《い》れられたぼくたちが、どこへ送《おく》られるのか、どこから飛《と》ばされるかも知《し》らないのです。

一度《ど》新聞《しんぶん》にのって喜《よろこ》んだものの、その後《ごなん》何の報道《ほうどう》もなく、放流基地《ほうりゅうきち》の分隊長《ぶんたいちょう》さんさえ誤《ご》報《ほう》だと思《おも》っているのですから、彼女《かのじょ》たちだってそう思《おも》っているかもしれません。

ぼくがアメリカのどこかは知《し》らないけれど、森《もり》の奥《おく》でこんな無様《ぶざま》な格好《かっこう》で横《よこ》たわっていることなど、夢《ゆめ》にも思《おも》っていないでしょうし、永久《えいきゅう》に知《し》ることもないでしょう。

それでもぼくは「だから、もうだれの命《いのち》も奪《うば》ってほしくないのよ」という節《せっ》ちゃんとの約束《やくそく》を果《は》たせたことだけは、よかったと思《おも》っています。

天《てん》がぼくの祈《いの》りを聞《き》き入《い》れてくれたのでしょう。

こんな無様《ぶざま》なことになっても、ぼくはだれの命《いのち》もうばっていませんし、一人《ひとり》も傷《きず》つけていないのです。

それだけが何《なん》の役《やく》にも立《た》たず、こんな無様《ぶざま》な状態《じょうたい》になったぼくの、たったひとつの誇《ほこ》りです。

何《なに》もすることのないぼくにとっては、昼《ひる》も夜《よる》も同《おな》じことです。ぼくは昼間《ひるま》はぼんやりと遠《とお》い日本《にほん》のなつかしい自然《しぜん》の風景《ふうけい》や、あの古《ふる》ぼけた講堂《こうどう》で作業《さぎょう》していた女学生《じょがくせい》たちの姿《すがた》を思《おも》い浮《う》かべ、夜《よる》は夜《よる》で夢《ゆめ》にみて、なつかしさに思《おも》わず涙《なみだ》をこぼしていました。

その間《あいだ》にも季節《きせつ》が移《うつ》り変《か》わり、雪《ゆき》がとけた後《あと》の地面《じめん》には青草《あおくさ》が生《は》え、木々《きぎ》の新芽《しんめ》も日々《ひび》成長《せいちょう》し、森《もり》はむせかえるような新緑《しんりょく》の匂《にお》いに包《つつ》まれました。

小鳥《ことり》たちのさえずりも活気《かっき》をおび、森《もり》の中《なか》をリスのような小動物《しょうどうぶつ》も駆《か》け回《まわ》るようになっていました。

日本《にほん》なら山菜取《さんさいと》りとか、鳥《とり》もちをつけた棒《ぼう》で小鳥《ことり》を捕《と》らえようとする子供《こども》たちがやって来《く》るはずですが、だれも来《こ》ないのです。

人恋《ひとこい》しさがつのって、ぼくは見《み》つかることもおそれなくなっていました。早《はや》くだれか来《き》て見《み》つけてくれないかな、と思《おも》うようになっていました。

こんなところで忘《わす》れられたまま朽《く》ち果《は》てるより、だれかに見《み》つかったほうがまだましです。

ピクニックに来《き》た元気《げんき》な子供《こども》たち

たしかもう五月《がつ》になっているのではないかと思《おも》うのですが、その日《ひ》は朝《あさ》から気持《きも》ちよく晴《は》れた暖《あたた》かい日《ひ》でした。

日本《にほん》でなら「五月晴《さつきば》れ」というところでしょうか。

天気《てんき》がよいせいで、ぼくの気持《きも》ちまで何《なん》だか明《あか》るくなり、何《なに》かいいことが起《お》こりそうな予感《よかん》がしていました。

その予感《よかん》が的中《てきちゅう》したのです。太陽《たいよう》が高《たか》く上《のぼ》った頃《ころ》、車《くるま》の音《おと》が近《ちか》づいてきたと思《おも》うと、ぼくのところから見《み》える空《あ》き地《ち》に止《と》まりました。

森林警備隊《しんりんけいびたい》のジープなんかじゃなく、黒《くろ》いワゴン車《しゃ》です。子供《こど》たちが元気《げんき》よく、次々《つぎつぎ》に飛《と》び出《だ》して来《き》ました。

「着《つ》いたぞ」

「さあ、荷物《にもつ》をおろそう」

「ぼく、もう、おなかぺこぺこ」

もちろんここからは会話《かいわ》は聞《き》こえません。聞《き》こえたとしても英語《えいご》がわからないのですが、たぶんそんなことをいっているのでしょう。

子供《こども》たちは五人《にん》で、ほかに運転《うんてん》していた男《おとこ》の人《ひと》と、その夫人《ふじん》らしい若《わか》い女《おんな》の人《ひと》の七人《にん》です。おろしているのは敷物《しきもの》や、食《た》べ物《もの》の入《はい》ったバスケット、果物《くだもの》や魔法瓶《まほうびん》などです。

家族《かぞく》ではなくて、近所《きんじょ》の子供《こども》たちを誘《さそ》ってピクニックに来《き》たのでしょう。

アメリカの子供《こども》は手足《てあし》がすらりとして、背《せ》も高《たか》いので年齢《ねんれい》を当《あ》てるのは難《むずか》しいのですが、

十二、三歳《さい》から十歳《さい》くらいではないでしょうか。
輝《かがや》くばかり健康《けんこう》で、しあわせそうな彼《かれ》らを見《み》ながら、ぼくは何《なん》とかして彼《かれ》らに話《はな》しかけたい、仲良《なかよ》くなりたいと夢《ゆめ》のようなことを考《かんが》えていました。

何《なん》といって話《はな》しかければいいのか。ぼくの知《し》っている英語《えいご》はほんのわずかです。

だいたい節《せつ》ちゃんたちが英語《えいご》を習《なら》ったのは、女学校《じょがっこう》一年生《ねんせい》の一学期《がっき》だけです。

「私《わたし》たちが習《なら》ったのは『ジス　イズ　ア　ペン』だけですものね」と、自嘲《じちょう》ぎみに話《はな》していました。

節《せつ》ちゃんたちの頃《ころ》には中学校《ちゅうがっこう》、女学校《じょがっこう》に進学《しんがく》するのは、小学校《しょうがっこう》の卒業生《そつぎょうせい》の約《やく》一割《わり》、十人《にん》に一人《ひとり》でした。日本全体《にほんぜんたい》が貧《まず》しかったので、月謝《げっしゃ》を払《はら》って上《うえ》の学校《がっこう》に通《かよ》わせることのできる家《いえ》は少《すく》なかったし、お金《かね》があっても競争《きょうそう》がはげしくて、成績《せいせき》がよくないと入《はい》れなかったのです。

みんなセーラー服《ふく》の制服《せいふく》や、英語《えいご》の授業《じゅぎょう》にあこがれて女学校《じょがっこう》に入《はい》ったのですが、節《せつ》ちゃんたちが入学《にゅうがく》した年《とし》から、女学校《じょがっこう》の制服《せいふく》も全国的《ぜんこくてき》に統一《とういつ》され、野暮《やぼ》な服《ふく》になっていました。

「きっと文部省《もんぶしょう》のお役人《やくにん》が、『セーラー服《ふく》なんて敵性語《てきせいご》だ。ほかのものに変《か》えろ』といったのよ」

みんな不満《ふまん》をもらしていたのですが、その野暮《やぼ》な制服《せいふく》を着《き》ていたのもわずかな間《あいだ》で、すぐ作業《さぎょう》しやすいもんぺと上着《うわぎ》になったのです。

そして英語《えいご》はといえば一年《ねん》の一学期《がっき》だけで、アメリカとの関係《かんけい》が悪《わる》くなった二学期《がっき》からは廃止《はいし》になり、英語《えいご》の教師《きょうし》はほかの学課《がっか》を教《おし》えていたのです。

だから「ジス、イズ ア ペン」のほかは「アイ アム ア ガール」「マイネーム イズ セツコ ネギシ」くらいしか知《し》らないといっていたのです。

ぼくの場合《ばあい》は「アイ アム ア バルーンボム」「マイネーム イズ ホクト」で、それに「グッドモーニング」も知《し》っています。

これだけ知《し》っていれば、最初《さいしょ》のあいさつはできそうです。あとは彼《かれ》らと仲良《なかよ》くなって言葉《ことば》を教《おし》えてもらえばいいのです。そうすれば、日本《にほん》のこともいろいろ話《はな》して上《あ》げられます。

ぼくがそんな空想《くうそう》にふけっていたとき、荷物《にもつ》をおろし終《お》えた子供《こども》の一人《ひとり》が、ぼくを見《み》つけたようで、こちらを指《ゆび》さしながら何《なに》か叫《さけ》びました。

おそらく「何《なに》か変《へん》なものが枝《えだ》に引《ひ》っかかっているよ。あれ、見《み》て！」

「何《なん》だろう、行《い》って見《み》よう」

ということになったのでしょう。

みんないっせいにこちらに向《む》かって走《はし》って来《き》ます。

ぼくはふいに爆弾《ばくだん》のことを思《おも》い出《だ》し、大声《おおごえ》で叫《さけ》びました。

「だめだ！　来《き》ちゃいけない、止《と》まれ、止《と》まれ、ストップ、ストップ！」

しかし彼《かれ》らには、ぼくの声《こえ》が聞《き》こえないのでしょう。聞《き》こえたとしても何《なに》をいっているかわからないのです。

地面《じめん》を揺《ゆ》るがす爆発音《ばくはつおん》

子供《こども》たちは好奇心《こうきしん》で目《め》を輝《かがや》かせ、頬《ほお》を真《ま》っ赤《か》にして、懸命《けんめい》にこちらに向《む》かって走《はし》って来《き》ます。若《わか》い女《おんな》の人《ひと》も子供《こども》たちにつられるように走《はし》って来《き》ます。

生《い》きる喜《よろこ》びにあふれ、しあわせに輝《かがや》いていた六人《にん》のその顔《かお》が、ぼくの頭《あたま》に今《いま》も刻《きざ》み込《こ》まれています。

彼《かれ》らはたちまちのうちに、ぼくのそばまで来《き》ました。

「大《おお》きなパラシュートみたい」

「これでおりた兵隊《へいたい》さんは怪我《けが》をしなかったのかな」

子供《こども》たちのある者《もの》はしゃがんで、ぼくの球皮《きゅうひ》に手《て》を触《ふ》れてみたり、大《おお》きい子《こ》はぶら下《さ》がった爆弾《ばくだん》のそばに立《た》っています。

ぼくは彼《かれ》を驚《おどろ》かせないように、そっと「あぶないから触《さわ》っちゃだめだよ」といおうとしたのですが、その瞬間《しゅんかん》、ドカーン！ という地面《じめん》をゆるがすような大《おお》きな音《おと》がして、ぼくの体《からだ》は木端微塵《こっぱみじん》になって吹《ふ》っ飛《と》びました。

ぼくだけではありません。そこにいた五人《にん》の子供《こども》たち、それに若《わか》い女《おんな》の人《ひと》も、ばらばらになって飛《と》び散《ち》っていました。

ぼくがいたところは地面《じめん》がえぐられて大《おお》きな穴《あな》があき、ぼくが引《ひ》っかかっていた松《まつ》の木《き》の根元《ねもと》の辺《あた》りは、爆弾《ばくだん》の破片《はへん》でも受《う》けたのか、黒《くろ》い煙《けむり》を上《あ》げてくすぶっていました。

車《くるま》を広場《ひろば》の隅《すみ》に止《と》めようとしていた男《おとこ》の人《ひと》も、驚《おどろ》いて駆《か》けつけました。彼《かれ》はあまりの惨《さん》状《じょう》にぼうぜんとなりながら、すばやく胸《むね》の前《まえ》で十字《じゅうじ》を切《き》りました。

それから子供《こども》たちの遺体《いたい》を拾《ひろ》い集《あつ》めようとしたのですが、自分《じぶん》ひとりの力《ちから》ではとうてい無理《むり》だと思《おも》ったのか、車《くるま》のほうへ駆《か》け出《だ》し、応援《おうえん》を求《もと》めに行《い》きました。

体《からだ》を失《うしな》って魂《たましい》だけになったぼくは何《なに》もできないまま、その辺《へん》の空中《くうちゅう》をただよい、少《すこ》し高《たか》いところから事件現場《じけんげんば》を見下《みお》ろし、あまりのことに言葉《ことば》も、考《かんが》える力《ちから》も失《うしな》っていました。

三十分《ぶん》もしないうちに、まず森林警備隊《しんりんけいびたい》の車《くるま》、救急車《きゅうきゅうしゃ》、消防車《しょうぼうしゃ》、警察《けいさつ》の車《くるま》がやって来《き》て、それから後《あと》ぞくぞくと市民《しみん》たちの車《くるま》が来て、いつもは静《しず》かな森《もり》がただならないさわぎになりました。

ぼくはそのとき初《はじ》めて知《し》ったのですが、ここはアメリカの西海岸《にしかいがん》にあるオレゴン州《しゅう》の南《なん》部《ぶ》のギアハート山《さん》のふもとにある森林公園《しんりんこうえん》で、ここから車《くるま》で十五分《ふん》くらいのところにプライという人口《じんこう》二万《まん》ほどの小《ちい》さな町《まち》があるのです。

そこの町《まち》の教会《きょうかい》に新《あたら》しく赴任《ふにん》してきた牧師《ぼくし》のミッチェルさんが、日曜学校《にちようがっこう》の子供《こども》たちとピクニックに来《き》ていたのです。ちょうどその日《ひ》は、五月五日《がついつか》で日曜日《にちようび》でした。

妻《つま》のエルシーさんは、妊娠《にんしん》五カ月《げつ》で体調《たいちょう》がすぐれず、前《まえ》の晩《ばん》、子供《こども》たちの好《す》きなチョコレートケーキを作《つく》り、自分《じぶん》は行《い》かないことにしていたのですが、あまりにもいいお天気《てんき》なので参加《さんか》することにし、子供《こども》たちも大喜《おおよろこ》びだったのです。

女《おんな》の子《こ》が一人《ひとり》いましたが、彼女《かのじょ》はお兄《にい》さんと来《き》ていたのです。だから二人《ふたり》の子供《こども》を亡《な》くした家族《かぞく》もいるのです。

服《ふく》の切《き》れ端《はし》から我《わ》が子《こ》だとわかり、遺体《いたい》を抱《だ》きながら号泣《ごうきゅう》する家族《かぞく》。無理《むり》もありません。たった一時間《じかん》か二時間前《じかんまえ》、楽《たの》しそうに出《で》かけた我《わ》が子《こ》がこんな姿《すがた》になろうとは。

その悲《かな》しみが見《み》ていられなくて、ぼくは逃《に》げ出《だ》したくなっていましたが、どこへ逃《に》げればいいのでしょう。ぼくの逃《に》げ場所《ばしょ》などもうどこにもありません。

ぼくにできるのはここにいて、子供《こども》たちの悲惨《ひさん》な最期《さいご》を、家族《かぞく》の悲《かな》しみを、つぶさに見《み》てしっかりと受《う》け止《と》めることです。それがせめてもの償《つぐな》いです。

不思議《ふしぎ》なことに体《からだ》を失《うしな》って魂《たましい》だけになったぼくには、人々《ひとびと》の話《はな》していることが全部《ぜんぶ》わかるのです。たぶん言葉《ことば》など必要《ひつよう》でなく、テレパシーといって心《こころ》から心《こころ》へ直接伝《ちょくせつつた》わってくるからではないでしょうか。

「この辺《へん》も何度《なんど》も捜索《そうさく》したが、見落《みお》としていた自分《じぶん》たちの責任《せきにん》だ。ほんとうに申《もう》し訳《わけ》ない」

と、森林警備隊員《しんりんけいびたいいん》はあやまりました。

彼《かれ》らは上《うえ》のほうからの命令《めいれい》で、市民《しみん》を動揺《どうよう》させないように、風船爆弾《ふうせんばくだん》を見《み》つけたら秘密《ひみつ》にすばやく処理《しょり》するよう、大《おお》がかりな体制《たいせい》で監視《かんし》に当《あ》たっていたのです。それには軍隊《ぐんたい》も協力《きょうりょく》していたようです。

もちろん新聞《しんぶん》なども報道《ほうどう》しないように、命令《めいれい》を受《う》けていました。

「そういうふうに秘密《ひみつ》にするからいけないんだ。風船爆弾《ふうせんばくだん》の危険性《きけんせい》をみんなに知《し》らせていれば、子供《こども》たちだって用心《ようじん》してこんな事故《じこ》は起《お》こらなかったはずだ」

と、おこっている人《ひと》もいました。

なぜ？　なぜなんだ？

ぼくにも、あのときどうなったのかわからないのです。子供《こども》たちが触《ふ》れたといっても、ただ軽《かる》く触《さわ》っただけで、どこかのスイッチを押《お》したとか、強《つよ》い衝撃《しょうげき》を与《あた》えたということはなかったように思《おも》います。

ぼくが気《き》を失《うしな》うほどの強《つよ》い爆風《ばくふう》に吹《ふ》き飛《と》ばされて、ここへ落《お》ちたときも、どしゃ降《ぶ》りの雨《あめ》の日《ひ》も、木々《きぎ》を揺《ゆ》るがすほどの風《かぜ》の強《つよ》い日《ひ》も爆発《ばくはつ》しなかったのに、なぜ、よりによってあのときに爆発《ばくはつ》したのか。ぼくにはそれがわかりません。

ぼくが何《なに》をしたというのでしょう。

ぼくのどこがいけなかったのでしょう。

ぼくは子供《こども》たちに殺意《さつい》などこれっぽっちも持《も》っていませんでした。仲良《なかよ》くなりたかったのです。

それなのに、なぜ？

なぜなんだ？

ぼくの頭《あたま》の中《なか》にはこの疑問《ぎもん》だけが、ぐるぐると回《まわ》り、ほかのことは考《かんが》えられません。

ぼくは物理的《ぶつりてき》な制約《せいやく》のある体《からだ》を失《な》くして魂《たましい》だけですから、日本《にほん》へ帰《かえ》ろうと思《おも》えば今《いま》すぐにでも帰《かえ》れます。

体《からだ》があると地球《ちきゅう》の重力《じゅうりょく》に逆《さか》らって上昇《じょうしょう》しようとすれば、空気《くうき》より軽《かる》い水素《すいそ》ガスを詰《つ》めてもらわなければなりません。前《まえ》へ進《すす》むのも風《かぜ》の力《ちから》の後押《あとお》しが必要《ひつよう》です。そして狭《せま》い所《ところ》を通《とお》りぬけることもできません。

でも、今《いま》はそんな厄介《やっかい》な体《からだ》はなくなって、わかりやすいたとえでいえば、電波《でんぱ》みたいなものです。

日本《にほん》へ帰《かえ》ろうと思《おも》えば、来《く》るときのような苦労《くろう》をしなくても、一瞬《いっしゅん》のうちに帰《かえ》れます。むずかしい呪文《じゅもん》など唱《とな》えなくても、ぼくが決心《けっしん》すれば帰《かえ》れるのです。

でもぼくは、このなぜ？　という疑問《ぎもん》が解決《かいけつ》するまでは、ここに止《とど》まるつもりです。

節《せっ》ちゃんとの約束《やくそく》も果《は》たせなかった今《いま》、どうしておめおめと日本《にほん》へ帰《かえ》ることができるでしょう。

ここに止《とど》まって、亡《な》くなった子供《こども》たちを守《まも》って上《あ》げたいのです。

亡《な》くなったあとに守《まも》ってもしかたがないではないかといわれるかもしれませんが、冥福《めいふく》を祈《いの》るということもあるではありませんか。

たとえ宗教《しゅうきょう》がちがっても、キリスト教《きょう》でもそういう習慣《しゅうかん》はあると思《おも》うのです。

毎日《まいにち》のようにだれかがお花《はな》や、子供《こども》たちが好《す》きだったお菓子《かし》や食《た》べ物《もの》を持《も》って、ここをおとずれます。

遺族《いぞく》や、学校《がっこう》のお友《とも》だち、話《はなし》を聞《き》いて遠《とお》い町《まち》からやって来《き》たという人《ひと》もいました。

その人《ひと》たちの話《はなし》から、ぼくは日本《にほん》のことも知《し》りました。

六月《がつ》には沖縄《おきなわ》も米軍《べいぐん》の手《て》に落《お》ちたということです。そしてその頃《ころ》には、日本《にほん》のほとんどの都市《とし》が空襲《くうしゅう》で焼《や》け野原《のはら》になっているとか。

八月六日《がつむいか》には広島《ひろしま》に原子爆弾《げんしばくだん》が落《お》ち、街《まち》は壊滅状態《かいめつじょうたい》になり、九日《ここのか》には長崎《ながさき》にも原子爆弾《げんしばくだん》が。

そしてとうとう八月十五日《がつにち》、日本《にほん》は無条件降伏《むじょうけんこうふく》をしたそうです。もうひと月早《つきはや》く戦争《せんそう》が終《お》わっていたら、いや、み月早《つきはや》く戦争《せんそう》が終《お》わっていたら、どれほど多《おお》くの人《ひと》が死《し》ななくてすんだか、くやしい気《き》もしますが、あとの祭《まつ》りです。空襲《くうしゅう》で家《いえ》も家族《かぞく》も失《うしな》った戦災孤児《せんさいこじ》たちは、浮浪児《ふろうじ》になり、地下道《ちかどう》をねぐらにしている話《はなし》や、ふつうの子供《こども》たちがアメリカ兵《へい》にむらがり「ギブ ミー チョコレート」と手《て》を出《だ》しておねだりしているという、悲《かな》しい話《はなし》も伝《つた》わってきます。

節《せつ》ちゃんたちはどうしているのでしょう。それも心配《しんぱい》ですが、ぼくはまだ日本《にほん》へは帰《かえ》れません。

なぜこんなことになったのか、その答《こた》えが見《み》つからないからです。ぼくはぼくにこんなひどい運命《うんめい》を与《あた》えた天《てん》をうらみ、自分《じぶん》をせめる毎日《まいにち》でした。

ミッチェル・モニュメント

ぼくがひき起《お》こした事件《じけん》は「オレゴンの悲劇《ひげき》」として、世《よ》に知《し》られているようですが、ある日《ひ》、爆発《ばくはつ》のあとを整地《せいち》する工事《こうじ》が始《はじ》まりました。

そして石積《いしづ》みの立派《りっぱ》な記念碑《きねんひ》が建《た》ちました。ミッチェル・モニュメントです。たぶんあのときの牧師《ぼくし》さんが、発起人《ほっきにん》になったのでしょう。

遺族《いぞく》や地元《じもと》の人《ひと》、それにマスコミ関係《かんけい》の人《ひと》たちが集《あつ》まって、除幕式《じょまくしき》が行《おこな》われました。

記念碑《きねんひ》にはめられた銅製《どうせい》の銘板《めいばん》には、犠牲《ぎせい》になった六名《めい》の名前《なまえ》が刻《きざ》まれ、こんな文章《ぶんしょう》が添《そ》えられていました。

「この地《ち》は第《だい》二次《じ》世界大戦中《せかいたいせんちゅう》、アメリカ大陸《たいりく》で、敵《てき》の攻撃《こうげき》のため死者《ししゃ》を出《だ》した唯一《ゆいいつ》の場所《ばしょ》である」

ぼくはそれを見《み》てびっくりしました。

『米本土《べいほんど》、猛攻《もうこう》。大気球《だいききゅう》、各地《かくち》に炸裂《さくれつ》』『死傷者《ししょうしゃ》五百人《ひゃくにん》』という新聞記事《しんぶんきじ》は何《なん》だったのでしょう。

放流基地《ほうりゅうきち》の分隊長《ぶんたいちょう》さんがいっていたように、誤報《ごほう》だったのでしょうか。でも、ぼくたちのようにアメリカに届《とど》いている風船爆弾《ふうせんばくだん》も多《おお》いのですから、たんなる誤報《ごほう》だとは思《おも》えません。

ぼくの疑問《ぎもん》に答《こた》えるように、マスコミ関係《かんけい》の人《ひと》が友人《ゆうじん》と話《はな》していました。市民《しみん》の動揺《どうよう》をおさえ、日本側《にほんがわ》に成果《せいか》を知《し》らせないように、風船爆弾《ふうせんばくだん》のことは報道《ほうどう》しないようにといわれていたのですが、ワイオミング州《しゅう》での風船爆弾《ふうせんばくだん》による山火事《やまかじ》が、中国人街《ちゅうごくじんがい》の新聞《しんぶん》にのったのです。

もちろん中国語《ちゅうごくご》の新聞《しんぶん》だったのですが、それを読《よ》んだ人《ひと》が上海《シャンハイ》の知人《ちじん》に伝《つた》え、それが上《シャン》海《ハイ》の新聞《しんぶん》にのったのです。

それを見《み》た日本《にほん》の新聞《しんぶん》がのせたのですが、そのとき「目撃者五百人《もくげきしゃごひゃくにん》」というのを「死傷《ししょう》者《しゃ》五百人《ひゃくにん》」と勝手《かって》に書《か》きかえたというのです。戦果《せんか》を大《おお》きく書《か》くのが習慣《しゅうかん》になっていたから、ここでもついそれが出《で》たのでしょう。

だから風船爆弾《ふうせんばくだん》による犠牲者《ぎせいしゃ》は、ここの六人《にん》だけが正《ただ》しいのです。

そしてアメリカの調査《ちょうさ》の結果《けっか》も聞《き》くことができました。日本《にほん》から放球《ほうきゅう》した風船爆弾《ふうせんばくだん》は、九千《せん》三百個《びゃっこ》、アメリカ、カナダ、メキシコなどで目撃《もくげき》されたのは三百六十《びゃく》一個《こ》、その中《なか》でこのオレゴン州《しゅう》は五十四個《こ》ということです。

東京君《とうきょうくん》がいっていたようにアメリカやカナダは、とてつもなく広《ひろ》い国《くに》です。人《ひと》が住《す》んでいない砂漠《さばく》や森林《しんりん》が大半《たいはん》を占《し》めています。

だから目撃情報《もくげきじょうほう》よりずっと多《おお》い数《かず》のぼくらの仲間《なかま》が、あの困難《こんなん》な長旅《ながたび》を経《へ》て、アメリカ大陸《たいりく》までたどり着《つ》いているのかもしれません。

第《だい》8章《しょう》　ぼくの使命《しめい》

「苦《くる》しむことにも意味《いみ》がある」

月日《つきひ》はどんどん経《た》っていきますが、ある日《ひ》、ぼくは東京君《とうきょうくん》と再会《さいかい》しました。東京君《とうきょうくん》も魂《たましい》だけになってただよっているのです。

「日本《にほん》へ帰《かえ》らなかったの？」

ぼくは驚《おどろ》いて聞《き》きました。

「君《きみ》を捜《さが》していたんだ。どうせなら一緒《いっしょ》に帰《かえ》ろうと思《おも》ってね。そのほうが楽《たの》しいだろう」

彼《かれ》の友情《ゆうじょう》が嬉《うれ》しくて、ぼくは涙《なみだ》が出《で》そうになりましたが、魂《たましい》だけのぼくは涙《なみだ》を流《なが》すことも、嬉《うれ》しそうな顔《かお》をすることもできません。が、お互《たが》いに気持《きも》ちは伝《つた》わるはずです。

「いや、ぼくは日本《にほん》へ帰《かえ》るわけにはいかないんだ」

ぼくは小《ちい》さな声《こえ》でだが、きっぱりといいました。

「そうか、君《きみ》のことはうわさで聞《き》いたよ。しかし、あれは君《きみ》のせいではないだろう」

「いや、ぼくの責任《せきにん》だ。責任《せきにん》のがれをするつもりはない。だけど、どうしてぼくがこんな目《め》に合《あ》わなければならないのか、どうしてもわからないんだ」

心《こころ》のうちを打《う》ちあける相手《あいて》ができて、ぼくはたまっていた怒《いか》りをぶちまけました。

「節《せつ》ちゃんとの約束《やくそく》もあって、ぼくはだれの命《いのち》も奪《うば》いたくなかった。だれにも怪我《けが》をさせたくなかった。そのためにずっと祈《いの》り続《つづ》けていたんだ。ぼくはだれかの役《やく》に立《た》つことをしたい。ぼくの使命《しめい》を教《おし》えてください。使命《しめい》を果《は》たさせてくださいと祈《いの》っていたんだ。そのぼくの使命《しめい》が、生《い》きる喜《よろこ》びにあふれ、好奇心《こうきしん》に目《め》を輝《かがや》かせていた、あの子《こ》たちの未来《みらい》を奪《うば》ってしまうことだったのか。そんなのひどいよ」

最後《さいご》の言葉《ことば》は悲鳴《ひめい》に近《ちか》いものになっていました。

「ぼくにもよくわからないけど、君《きみ》の使命《しめい》はそうやって、とことん苦《くる》しむことにあるのかもしれないよ。君《きみ》はいっていたね、世《よ》の中《なか》の出会《であ》いには偶然《ぐうぜん》はない、運命《うんめい》づけられているんだと。君《きみ》とその子供《こども》たちとの出会《であ》いも運命的《うんめいてき》なものかもしれないよ」

東京君《とうきょうくん》がクールなのは知《し》っていましたが、そんないいかたはないでしょう。

「えらそうなことをいわないでくれ。君《きみ》にぼくの苦《くる》しみがわかってたまるか」

ぼくはとうとう大《おお》きい声《こえ》を出《だ》して、どなっていました。

「一番苦《ばんくる》しむものが一番強《ばんつよ》い、という言葉《ことば》もあるよ。もっとも苦《くる》しんだ者《もの》の言葉《ことば》こそ、人《ひと》の心《こころ》を打《う》つんだ」

東京君《とうきょうくん》のいおうとすることが、すんなりわかったわけではありません。彼自身《かれじしん》にもはっきりとわかっていたわけではないと思《おも》うのですが、その言葉《ことば》を聞《き》いたとたん、ぼくは何《なん》となく、そうかという気《き》になっていました。

苦《くる》しむことにも何《なに》か意味《いみ》があるような気《き》がして、気持《きも》ちが楽《らく》になったのです。

少《すく》なくとも自分《じぶん》の運命《うんめい》をうらむというような気持《きも》ちは消《き》えていました。

苦《くる》しみがぼくを強《つよ》くし、何《なに》かを生《う》み出《だ》してくれるということもあるのです。

「ありがとう。ずいぶん気持《きも》ちが楽《らく》になったよ」

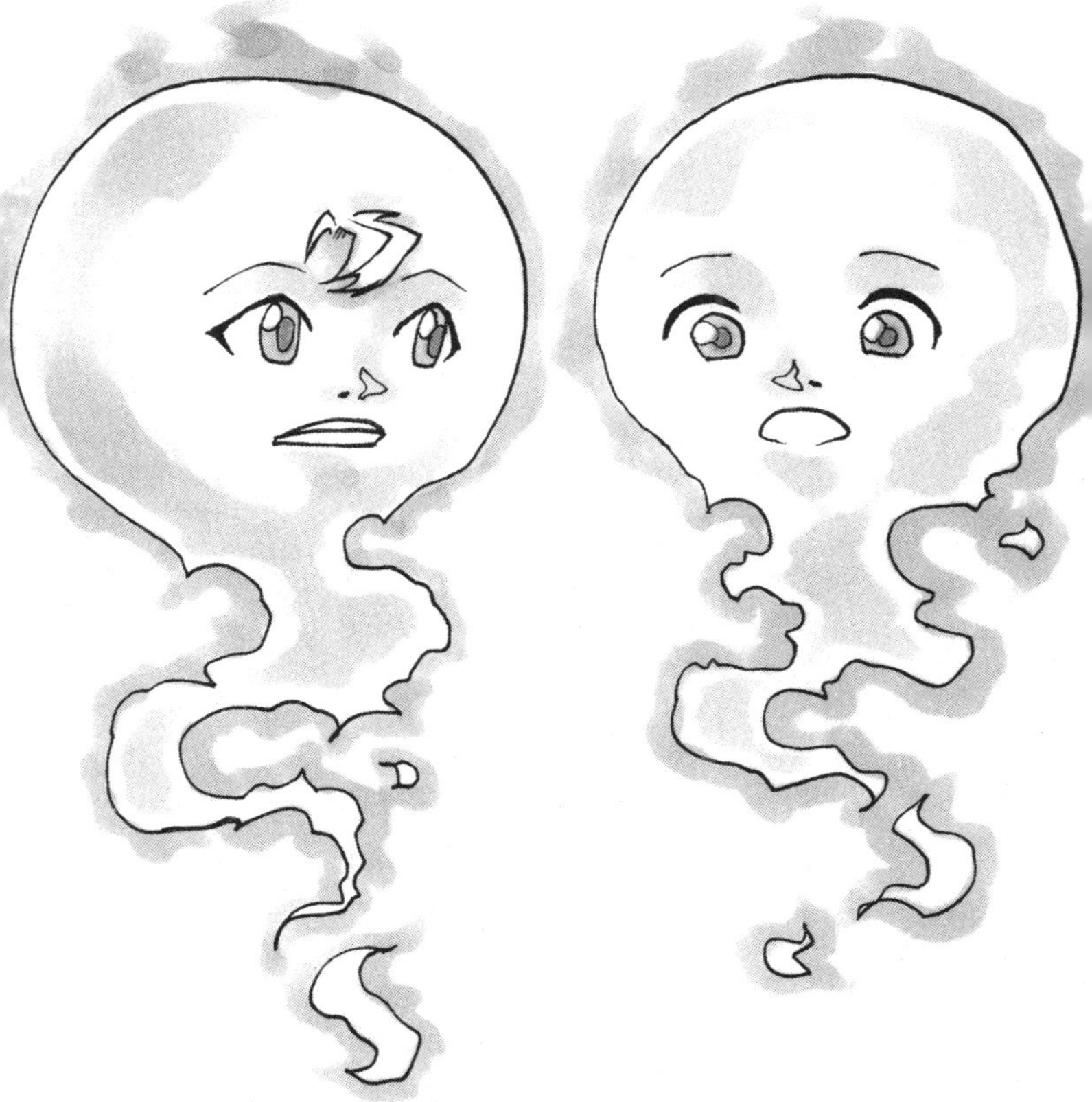

「そうか。それはよかった。君《きみ》はもう大丈夫《だいじょうぶ》だ」

彼《かれ》は安心《あんしん》したようにいい、

「いま君《きみ》を誘《さそ》ってもだめだろうから、ぼくは先《さき》に行《い》くよ」

と、いいます。

「日本《にほん》へ帰《かえ》るのか」

「そのつもりだけど、日本《にほん》へ帰《かえ》るのはおそくなるだろうな。来《く》るときは太平洋《たいへいよう》を横断《おうだん》してきたから、今度《こんど》は大西洋《たいせいよう》を横断《おうだん》して、ヨーロッパやそのほかの国《くに》を回《まわ》ろうと思《おも》っているんだ。君《きみ》が自分《じぶん》の使命《しめい》について考《かんが》えている間《あいだ》、ぼくはぼくで自分《じぶん》にできることを捜《さが》したいんだ」

「また、会《あ》えるね」

「もちろんだよ。しかし大西洋横断《たいせいようおうだん》といっても、今度《こんど》はひと飛《と》びだからつまらないよ。来《く》るときのような命《いのち》をかけた、ビクビク、ドキドキのスリルは味《あじ》わえないからね。じゃ、また」

東京君《とうきょうくん》はそういうと、すっと消《き》えて行《い》ってしまいました。

彼《かれ》が消《き》えた辺《あた》りから一筋《すじ》の光《ひかり》が射《さ》し込《こ》んで来《き》て、それがだんだん大《おお》きくなって、今《いま》までぼくがいた闇《やみ》の世界《せかい》を照《て》らしてくれました。

戦争《せんそう》の悲惨《ひさん》さ、恐《おそ》ろしさ、愚《おろ》かさを伝《つた》えたい

東京君《とうきょうくん》が行《い》ってしまってから、ぼくは自分《じぶん》に何《なに》ができるか考《かんが》えました。やはりそれは戦《せん》争《そう》の悲惨《ひさん》さ、恐《おそ》ろしさ、愚《おろ》かさを訴《うった》えることではないでしょうか。

一度《ど》戦争《せんそう》が起《お》これば、自分《じぶん》がどんなにいやで、気《き》をつけていても、いつ被害者《ひがいしゃ》になるかわからないし、加害者《かがいしゃ》になるかもしれないのです。ぼくがそのいい例《れい》です。

ぼくはだれの命《いのち》も奪《うば》いたくありませんでした。

それなのに六人《にん》、いえ、ミッチェル夫人《ふじん》のお腹《なか》にいた赤《あか》ちゃんもあわせれば七人《にん》もの命《いのち》を奪《うば》ったのです。

ぼくのような場合《ばあい》は加害者《かがいしゃ》としての自覚《じかく》はありますが、知《し》らない間《あいだ》に加害者《かがいしゃ》になっていることだってあるのです。

こんな苦《くる》しみを味《あじ》わうのはぼくだけでいい。誰《だれ》にも味《あじ》わってもらいたくない。節《せっ》ちゃんのような悲《かな》しみも味《あじ》わってほしくない。彼女《かのじょ》だってそう思《おも》っているだろう。「戦争《せんそう》はいやだ、こりごりだ。平和《へいわ》を守《まも》っていこう」と訴《うった》えるのがぼくの使命《しめい》です。そのために神様《かみさま》はぼくにこんな運命《うんめい》を与《あた》えたのだ。

それがわかるとぼくはすっきりし、元気《げんき》になりました。だれにでも使命《しめい》があるはずです。でもそれがわからないから、悩《なや》んだり悲《かな》しんだり、自暴自棄《じぼうじき》になるのです。自分《じぶん》に使命《しめい》があるとわかれば、自分《じぶん》を粗末《そまつ》にしないで、よりよく生《い》きていこうと思《おも》うでしょうし、他人《たにん》にもそれぞれ使命《しめい》があると知《し》れば、その人《ひと》を尊敬《そんけい》する気持《きも》ちにもなるでしょう。

でもぼくに使命《しめい》があるとわかっても、ぼくは体《からだ》を持《も》たない魂《たましい》だけの存在《そんざい》ですから、みんなに向《む》かって大声《おおごえ》でしゃべるわけにはいきません。だれかがぼくの代《か》わりに話《はな》してくれるか、だれかがぼくの物語《ものがたり》を書《か》いて、ぼくに話《はなし》をさせてくれるかのどちらかしか、方法《ほうほう》がないのです。

ぼくは前《まえ》にもいったように電波《でんぱ》みたいな存在《そんざい》ですから、人《ひと》の心《こころ》の中《なか》にも何《なん》の障害《しょうがい》もなくするりと入《はい》りこめます。

ただしそれは生前《せいぜん》のぼくを知《し》っている人《ひと》、ぼくと何《なん》らかの関係《かんけい》のある人《ひと》、縁《えん》のある人《ひと》に限《かぎ》られています。

それはそうでしょう。見《み》も知《し》らない人《ひと》の心《こころ》の中《なか》に、関係《かんけい》のない死者《ししゃ》の魂《たましい》がずかずかと入《はい》って行《い》ったら、大変《たいへん》です。世《よ》の中《なか》の秩序《ちつじょ》が乱《みだ》れてしまいます。

ぼくに縁《えん》のある人《ひと》といえば、まず節《せっ》ちゃんですが、縁《えん》がある人《ひと》でも、相手《あいて》が会《あ》いたいという気《き》にならない限《かぎ》り、会《あ》うことはできないのです。

まわりにいくら電波《でんぱ》が飛《と》びかっていても、スイッチが入《はい》っていなければテレビを見《み》ることができないのと同《おな》じことです。

読者《どくしゃ》のみなさんも、何年《なんねん》も前《まえ》に亡《な》くなったひいおじいさんやおじいさん、ひいおばあさんやおばあさんの夢《ゆめ》を見《み》ることがあるでしょう。

学校《がっこう》から帰《かえ》ると台所《だいどころ》でおばあちゃんが、君《きみ》の好《す》きなビスケットを焼《や》いて待《ま》ってくれていて、「試験《しけん》どうだった?」と聞《き》いてくれ、「学校《がっこう》の成績《せいせき》なんかいいよ、いいよ、悪《わる》くても。

お前《まえ》のお父《とう》さんだって算数《さんすう》がまるでだめで、おじいちゃんによく叱《しか》られていたもんだよ」などと励《はげ》ましてくれ、君《きみ》もおばあさんが亡《な》くなっていることなど忘《わす》れ、「今度《こんど》の日曜日《にちようび》、野球《やきゅう》の試合《しあい》の応援《おうえん》に来《き》てくれる？」などと当《あ》たり前《まえ》のように話《はな》していたりするでしょう。

あれは無意識《むいしき》のうちに、おばあちゃんに会《あ》いたいという気持《きも》ちのスイッチが入《はい》っていて、だから会《あ》いに来《き》てくれたのです。

節《せっ》ちゃんがぼくに会《あ》いたいと思《おも》えば、ぼくはするりと節《せっ》ちゃんの夢《ゆめ》の中《なか》に入《はい》り込《こ》み、太《たい》平洋横断《へいようおうだん》八千《せん》キロのぼくの冒険飛行《ぼうけんひこう》や、道連《みちづ》れになった東京君《とうきょうくん》の話《はなし》をして上《あ》げるつもりです。

ぼくたちは別《わか》れの挨拶《あいさつ》もできないままだったのですが、久《ひさ》しぶりに会《あ》ってどんな会話《かいわ》になるか楽《たの》しみです。節《せっ》ちゃんは気球作《ききゅうづく》りのことは知《し》っていても、風船爆弾《ふうせんばくだん》がどのような仕《し》組《く》みで飛《と》んで行《い》くかなど知《し》らないはずです。きっと興味《きょうみ》を持《も》って聞《き》いてくれるでしょう。自分《じぶん》でもいろいろ調《しら》べてみるかもしれません。

子供《こども》たちの命《いのち》を奪《うば》ったぼくの苦《くる》しみを、一番《ばん》よくわかってくれるのも節《せっ》ちゃんです。これまでは節《せっ》ちゃんに合《あ》わせる顔《かお》がないと、絶望的《ぜつぼうてき》な気持《きも》ちでしたが、ぼくの使命《しめい》のことを話《はな》せば、きっとわかってくれると思《おも》うのです。

そしてぼくが使命《しめい》を果《は》たせるように、ぼくの物語《ものがたり》を書《か》いてくれるはずです。なにしろ節《せっ》ちゃんはぼくの名《な》づけ親《おや》なんですから。それに節《せっ》ちゃんも戦争《せんそう》で悲《かな》しい思《おも》いをした一人《ひとり》なんです。

大好《だいす》きだったお兄《にい》さんを戦争《せんそう》で亡《な》くした悲《かな》しみは、一生消《いっしょうき》えることはないでしょう。戦《せん》争《そう》などない平和《へいわ》な世《よ》の中《なか》が続《つづ》くことを、誰《だれ》よりも願《ねが》っているにちがいありません。

ぼくは節《せっ》ちゃんがぼくに会《あ》いたいと思《おも》うようになるのを待《ま》つことにしました。

ぼくに使命《しめい》があるのなら、節《せっ》ちゃんがぼくのことを思《おも》い出《だ》し、会《あ》いたいと思《おも》う日《ひ》が必《かなら》ず来《く》るはずです。

ぼくはその日《ひ》を、あせらず気長《きなが》に待《ま》つつもりです。

というのは、今《いま》はまだ戦争《せんそう》の傷《きず》あとが残《のこ》っていて、日本中《にほんじゅう》の人《ひと》が、いや日本《にほん》だけでなく世界中《せかいじゅう》の人《ひと》が「戦争《せんそう》はもうこりごりだ」と思《おも》っているのです。平和《へいわ》のありがたさをしみじみと感《かん》じているのです。

そんなときにぼくまでしゃしゃり出《で》て、「戦争《せんそう》はいやだ」と叫《さけ》ぶことはないのです。

どこで聞《き》いたのか忘《わす》れましたが「すべてのことには、時《とき》がある」という言葉《ことば》があります。ぼくを主人公《しゅじんこう》にした本《ほん》が世《よ》の中《なか》に出《で》て、ぼくが話《はな》さなければならないその「時《とき》」も、そのうち必《かなら》ず来《く》るはずです。


節《せっ》ちゃんとぼくの共作《きょうさく》ともいえる『ぼくは風船爆弾《ふうせんばくだん》』が完成《かんせい》したのは、日本《にほん》がめざましい経済復興《けいざいふっこう》をとげた頃《ころ》でした。

焼《や》け野原《のはら》だった都市《とし》には新《あたら》しいビルが立《た》ち並《なら》び、人々《ひとびと》は豊《ゆた》かな生活《せいかつ》を追《お》い求《もと》め、戦争《せんそう》は遠《とお》い昔《むかし》のことになっていました。

だからこそぼくは、一人《ひとり》でも多《おお》くの人《ひと》に、ぼくの物語《ものがたり》を聞《き》いてもらいたいのです。戦争《せんそう》のような悲惨《ひさん》で、愚《おろ》かなことを二度《ど》と起《お》こさないために。

あとがき

風船爆弾《ふうせんばくだん》というのは、大《おお》きな気球《ききゅう》に爆弾《ばくだん》を吊《つ》るし、日本《にほん》の上空《じょうくう》を吹《ふ》いている西風《にしかぜ》に乗《の》せ、米本土《べいほんど》を直接攻撃《ちょくせつこうげき》しようというものです。

第二次世界大戦末期《だいじせかいたいせんまっき》に、旧日本陸軍《きゅうにほんりくぐん》が開発《かいはつ》した秘密兵器《ひみつへいき》で、女学生《じょがくせい》たちを動員《どういん》して、和紙《わし》をこんにゃく糊《のり》で貼《は》り合《あ》わせ、およそ一万個《まんこ》に近《ちか》い気球《ききゅう》を作《つく》りました。

地方《ちほう》の小《ちい》さな町《まち》の女学校《じょがっこう》四年生《ねんせい》だった私《わたし》も、一九四四年《ねん》九月《がつ》から翌年《よくとし》の三月《がつ》まで風船爆《ふうせんばく》弾《だん》の気球貼《ききゅうば》りの仕事《しごと》をしました。

私《わたし》たちの仕事《しごと》については、「風船爆弾《ふうせんばくだん》」君《くん》が話《はな》してくれますが、こんにゃく糊《のり》にまみれてのさえない仕事《しごと》でした。紙《かみ》で作《つく》った気球《ききゅう》が、あの広《ひろ》い太平洋《たいへいよう》を横断《おうだん》して、遠《とお》いアメリカまで飛《と》べるのだろうかと半信半疑《はんしんはんぎ》でした。

一度《ど》、風船爆弾《ふうせんばくだん》が大戦果《だいせんか》を上《あ》げたことが新聞《しんぶん》に載《の》りました。「米本土猛攻開始《べいほんどもうこうかいし》。大気球《だいききゅう》、各地《かくち》で炸裂《さくれつ》。死傷者五百人《ししょうしゃひゃくにん》」の記事《きじ》に、私《わたし》たちは初《はじ》めて大変《たいへん》な仕事《しごと》をしていることを知《し》り、

「やった！」と喜《よろこ》び合《あ》いました。

今《いま》でもあの日《ひ》のことを思《おも》い出《だ》すと、私《わたし》は後《うし》ろめたい、いやな気持《きも》ちになります。平和《へいわ》な時代《じだい》なら、人《ひと》を殺《ころ》したり、怪我《けが》をさせれば大変《たいへん》です。でも戦争中《せんそうちゅう》はちがうのです。私《わたし》たちはごく普通《ふつう》の女学生《じょがくせい》で、人《ひと》の命《いのち》のかけがえのなさも知《し》っているはずなのに、「死傷者《ししょうしゃ》五百人《ひゃくにん》」の記事《きじ》に無邪気《むじゃき》に喜《よろこ》び、それが当《あ》たり前《まえ》のように思《おも》っていたのです。

戦争《せんそう》はこのように、人《ひと》の心《こころ》も変《か》えてしまうから恐《おそ》ろしいのです。

その後《ご》、風船爆弾《ふうせんばくだん》のことは一度《ど》もニュースにならないまま、戦争《せんそう》は終《お》わりました。めまぐるしく移《うつ》り変《か》わる敗戦後《はいせんご》の混乱《こんらん》の中《なか》で、風船爆弾《ふうせんばくだん》のことは世間《せけん》からも、私《わたし》の頭《あたま》の中《なか》からも忘《わす》れられていきました。

私《わたし》が風船爆弾《ふうせんばくだん》に興味《きょうみ》を持《も》つようになったのは、戦後《せんご》六十年以上《ねんいじょう》経《た》ってからでした。毎年《まいとし》、八月《がつ》の終戦記念日《しゅうせんきねんび》が近《ちか》づくと、テレビや新聞《しんぶん》が戦争《せんそう》に関《かん》する特集《とくしゅう》をします。六十回目《かいめ》にもなると取《と》り上《あ》げる材料《ざいりょう》がなくなったのか、地元《じもと》のテレビ局《きょく》が風船爆弾《ふうせんばくだん》のことを思《おも》い出《だ》し、級友《きゅうゆう》たちのところへ取材《しゅざい》に来《き》ました。

四、五人集《にんあつ》まって当時《とうじ》の思《おも》い出《で》を話《はな》したようですが、そのとき学校《がっこう》にも工場《こうじょう》にも、私《わたし》たちが動員《どういん》されて風船爆弾《ふうせんばくだん》を作《つく》っていた記録《きろく》が、残《のこ》っていないことを知《し》ったのです。

このままでは私《わたし》たちが働《はたら》いた事実《じじつ》さえ消《き》えてしまう。自分《じぶん》たちで記録《きろく》を残《のこ》しておこうということになり、物書《ものか》きの仕事《しごと》をしている私《わたし》が編集《へんしゅう》を引《ひ》き受《う》けることになりました。

級友《きゅうゆう》たちの手記《しゅき》をもとに、『風船爆弾《ふうせんばくだん》を作《つく》った日々《ひび》』の本《ほん》を作《つく》るために、私《わたし》は風船爆弾《ふうせんばくだん》に関《かん》する本《ほん》を集《あつ》め、インターネットで調《しら》べ、予想以上《よそういじょう》に多《おお》くの人《ひと》が、風船爆弾《ふうせんばくだん》に興味《きょうみ》を持《も》ち、地道《じみち》な調査《ちょうさ》を続《つづ》けていたことを知《し》りました。

と同時《どうじ》に、風船爆弾《ふうせんばくだん》の仕組《しく》みや、開発研究《かいはつけんきゅう》の苦労《くろう》など多《おお》くのことを教《おし》えられました。

ただ残念《ざんねん》なことに、私《わたし》たちがしていた仕事《しごと》については、間違《まちが》った記述《きじゅつ》をしている本《ほん》もいくつかありました。

気球作《ききゅうづく》りは、気球紙作《ききゅうしづく》りと、気球貼《ききゅうは》りの二つの部門《ぶもん》に分かれますが、指紋《しもん》がなくなるほど指先《ゆびさき》を酷使《こくし》するのは、気球貼《ききゅうは》りです。

気球紙作《ききゅうしづく》りのほうは、刷毛《はけ》でこんにゃく糊《のり》を塗《ぬ》り、その上《うえ》に置《お》いた和紙《わし》を、しっかりと押《おさ》えて貼《は》りつけるのも、糊《のり》のついていない荒《あら》い毛《け》の刷毛《はけ》で、指先《ゆびさき》は全然使《ぜんぜんつか》いません。

それなのに気球紙作《ききゅうしづく》りの工場《こうじょう》で、女学生《じょがくせい》たちが「指紋《しもん》がなくなった」と嘆《なげ》いたり、指《ゆび》から血《ち》を流《なが》していたと書《か》かれているのです。

こういう間違《まちが》いは、今《いま》のうちに正《ただ》しておきたいという思《おも》いもありましたが、とにかく風《ふう》船爆弾《せんばくだん》の全体像《ぜんたいぞう》がわかったことで、私《わたし》の気持《きも》ちも変《か》わりました。

それまでは「アメリカが原爆《げんばく》を作《つく》っているとき、風船爆弾《ふうせんばくだん》を作《つく》っていたなんて」と、バカなことをしていたように思《おも》っていたのですが、何《なん》の資源《しげん》もない中《なか》で、和紙《わし》で気球《ききゅう》を作《つく》り、風《かぜ》の力《ちから》だけでアメリカまで飛《と》ばしたアイデアと、高《たか》い技術力《ぎじゅつりょく》は、誇《ほこ》ってもいいもののように思《おも》えてきました。

戦後日本《せんごにほん》の目覚《めざ》ましい経済復興《けいざいふっこう》も、そういうアイデアと高《たか》い技術力《ぎじゅつりょく》によるもので、風船《ふうせん》爆弾《ばくだん》は、ある意味《いみ》では、日本《にほん》を最《もっと》もよく象徴《しょうちょう》するものの一つだということもできます。

風船爆弾《ふうせんばくだん》のことだけではありませんが、何《なに》か一つのことを、よく知《し》れば知《し》るほど、親《した》しみを覚《おぼ》え、愛着《あいちゃく》が増《ま》すものです。私《わたし》にとって風船爆弾《ふうせんばくだん》は、いつの間《ま》にか、若《わか》い日《ひ》に苦労《くろう》を共《とも》にした仲間《なかま》のような存在《そんざい》になっていました。

はるか遠《とお》い昔《むかし》に、大空《おおぞら》の彼方《かなた》に消《き》えて行《い》った彼《かれ》らが、今《いま》も飛《と》び続《つづ》けているような錯覚《さっかく》におちいるときもあります。

風船爆弾《ふうせんばくだん》が飛《と》んで行《い》った高度《こうど》一万《まん》メートル付近《ふきん》は、飛行機《ひこうき》の窓《まど》から見《み》える景色《けしき》です。果《は》てしなく雲海《うんかい》が続《つづ》いていたり、ときにははるか下《した》に、青《あお》い海《うみ》のきらめきを見《み》ることもできます。そんな風景《ふうけい》の中《なか》を、たくさんの彼《かれ》らがにぎやかにおしゃべりしながら、またあるときは仲間《なかま》とはぐれて、一球《きゅう》だけで飛《と》んで行《い》く姿《すがた》が思《おも》い浮《う》かぶのです。

彼《かれ》らはみんな爆弾《ばくだん》を吊《つ》るし、敵《てき》を攻撃《こうげき》するために、喜《よろこ》んで飛《と》んで行《い》ったのでしょうか。「もう戦争《せんそう》は終《お》わったんだから、無理《むり》しなくていいのよ」と、いってあげたくなります。

彼《かれ》らを作《つく》っていた私《わたし》たちにしてもそうでした。みんなお国《くに》のために懸命《けんめい》に働《はたら》きました。誰《だれ》もがそうだったと思《おも》います。しかし、心《こころ》の底《そこ》では戦争《せんそう》などない平和《へいわ》な時代《じだい》に生《う》まれたかったという思《おも》いも、痛切《つうせつ》にありました。

女学校《じょがっこう》の三、四年生《ねんせい》といえば、中学校《ちゅうがっこう》三年《ねん》か、高校《こうこう》一年生《ねんせい》です。遊《あそ》びたい盛《さか》りです。おしゃれもしたいし、少女《しょうじょ》らしい夢《ゆめ》をいっぱい抱《いだ》いているのがふつうです。

それなのに、物心《ものごころ》ついたときから戦争《せんそう》に巻《ま》き込《こ》まれ、おなかいっぱいご飯《はん》を食《た》べたい、たまには甘《あま》いものも食《た》べたい、そんなささやかな望《のぞ》みさえかなえられなくて、我慢《がまん》することだけ教《おし》えられてきました。

それだけではありません。お父《とう》さんやお兄《にい》さんを戦争《せんそう》で亡《な》くした友人《ゆうじん》もいますし、自分《じぶん》たちの父《ちち》や兄《あに》の戦死《せんし》の公報《こうほう》がいつ届《とど》くかもしれないのです。

そういう時代《じだい》を経験《けいけん》していますから、私《わたし》には今《いま》の平和《へいわ》な時代《じだい》のありがたみがよくわかります。

第二次世界大戦《だいにじせかいたいせん》が終《お》わって、七十三年《ねん》という長《なが》い年月《ねんげつ》が流《なが》れましたが、その間《かん》、息子《むすこ》の戦死《せんし》を嘆《なげ》く母親《ははおや》が一人《ひとり》もいなかったということだけでも、どれほど幸《しあわ》せな時代《じだい》だったか。

この平和《へいわ》をいつまでも守《まも》っていきたい。二度《ど》とあんな愚《おろ》かな戦争《せんそう》はしてもらいたくない。

そんな思《おも》いから『ぼくは風船爆弾《ふうせんばくだん》』が生《う》まれました。

私《わたし》たちが作《つく》り、心《こころ》ならずも爆弾《ばくだん》を吊《つ》るして大空《おおぞら》の彼方《かなた》に消《き》えていった、一万個《まんこ》に近《ちか》い気《き》球《きゅう》への鎮魂歌《ちんこんか》でもあります。

そしてもう亡《な》くなった方《かた》も多《おお》いでしょうが、勤労動員《きんろうどういん》で同《おな》じ仕事《しごと》に携《たずさ》わった、当時《とうじ》の女《じょ》学生《がくせい》たちの思《おも》いを、何《なん》とかして残《のこ》しておきたいという気持《きも》ちもありました。

戦争体験者《せんそうたいけんしゃ》の一人《ひとり》として、いつか反戦《はんせん》・平和《へいわ》をテーマにした物語《ものがたり》を書《か》きたいというのが、私《わたし》の願《ねが》いでした。

それが今回《こんかい》、これからの未来《みらい》を担《にな》う若《わか》い人《ひと》たちに読《よ》んでもらえる「潮《うしお》ジュニア文庫《ぶんこ》」の一冊《さつ》として世《よ》に出《で》ることになり、これ以上《いじょう》の喜《よろこ》びはありません。

この作品《さくひん》を書《か》くように勧《すす》めてくれ、いろいろ協力《きょうりょく》して下《くだ》さった谷合規子《たにあいのりこ》さんに、この場《ば》を借《か》りて感謝《かんしゃ》を捧《ささ》げます。

また出版《しゅっぱん》に際《さい》しては、潮出版社《うしおしゅっぱんしゃ》の南晋三社長《みなみしんぞうしゃちょう》、編集部《へんしゅうぶ》の北川達也《きたがわたつや》さんに大変《たいへん》お世話《せわ》になりました。厚《あつ》くお礼申《れいもう》し上《あ》げます。

二〇一八年《ねん》八月《がつ》十五日《にち》

高橋光子《たかはしみつこ》

【参考文献】

岩川隆『アメリカを奇襲した風船爆弾』(「文藝春秋」四十九巻一〇号、一九七一年)
愛媛県立川之江高等女学校三十三回生の会『風船爆弾を作った日々』(鳥影社、二〇〇七年)
鈴木俊平『風船爆弾』(新潮文庫、一九八四年)
林えいだい『女たちの風船爆弾』(亜紀書房、一九八五年)
林えいだい『写真記録「風船爆弾」乙女たちの青春』(あらき書店、一九八五年)
福島のりよ『風船爆弾』(冨山房インターナショナル、二〇一七年)
防衛省防衛研究所『「気球連隊」東部軍管区編制人員表』(国立公文書館アジア歴史資料センター)
防衛省防衛研究所『「気球連隊補充隊」復帰[復員閉鎖]部隊編制人員表』
(国立公文書館アジア歴史資料センター)
防衛省防衛研究所『「大陸指第二一九八号」大陸指綴[大東亜戦争]巻11』
(国立公文書館アジア歴史資料センター)

防衛省防衛研究所『「大陸指第二二五三号」大陸指綴［大東亜戦争］巻11』
（国立公文書館アジア歴史資料センター）
防衛庁防衛研修所戦史室編『大本営海軍部・連合艦隊6 第三段作戦後期』（朝雲新聞社、一九七一年）
防衛庁防衛研修所戦史室編『大本営陸軍部8 昭和十九年七月まで』（朝雲新聞社、一九七四年）
防衛庁防衛研修所戦史室編『大本営陸軍部9 昭和二〇年一月まで』（朝雲新聞社、一九七五年）
防衛庁防衛研修所戦史室編『陸軍軍需動員2 実施編』（朝雲新聞社、一九七五年）
南村玲衣『青春のひとこま 風船爆弾 女子動員学徒が調べた記録』（二〇〇〇年）
吉野興一『風船爆弾 純国産兵器「ふ号」の記録』（朝日新聞社、二〇〇〇年）

高橋光子（たかはし・みつこ）
1928年愛媛県生まれ。愛媛県立川之江高等女学校卒。テレビ、ラジオの脚本の仕事を経て65年「蝶の季節」で文学界新人賞受賞、同作で芥川賞候補。72年「遺る罪は在らじと」で再び同賞候補に。その後、上条由紀のペンネームでジュニア小説も執筆。93年『高畠華宵とその兄』で潮賞ノンフィクション部門優秀賞受賞。主な著書に『私を支えた母のひと言 39人の母たち』『「雪女」伝説』『おだやかな死』『蝶の季節』『海のつぶやき』『家族の肖像』などがある。

潮ジュニア文庫　001

ぼくは風船爆弾

2018年11月 3 日　初版発行
2024年 8 月15日　2刷発行

著者　高橋光子

企画協力　谷合規子
発行者　前田直彦
発行所　株式会社　潮出版社
〒102-8110　東京都千代田区一番町6　一番町SQUARE
電話／03-3230-0645（編集）
03-3230-0741（営業）
振替口座／00150-5-61090
印刷・製本　中央精版印刷株式会社
デザイン　金田一亜弥（金田一デザイン）

JASRAC 出 1810061-402

ISBN978-4-267-02158-9 C8293